U0836937

曲水蘭亭詩文集

波夫　著

西北农林科技大学出版社

图书在版编目(CIP)数据

曲水兰亭诗文集/波夫著. —杨凌:西北农林科技大学出版社,2021.5
ISBN 978-7-5683-0949-3

Ⅰ.①曲… Ⅱ.①波… Ⅲ.①诗集—中国—当代 ②散文集—中国—当代 Ⅳ.①I217.2

中国版本图书馆CIP数据核字(2021)第082601号

曲水兰亭诗文集

波夫 著

出版发行	西北农林科技大学出版社		
地　　址	陕西杨凌杨武路3号	**邮　编**	712100
电　　话	总编室:029-87093195	**发行部**	029-87093302
电子邮箱	press0809@163.com		
印　　刷	陕西天地印刷有限公司		
版　　次	2021年5月第1版		
印　　次	2021年5月第1次印刷		
开　　本	787mm×1092mm　1/16		
印　　张	27.25		
字　　数	230千字		

ISBN 978-7-5683-0949-3

定价:68.00元

本书如有印装质量问题,请与本社联系

序

兹集终成于曲江兰亭女儿家，遂以寄居所在题名。此处名曲江兰亭小区，位曲江池南岸边。院落不大不小，居半万口人家，有仿古兰亭为寓标名号。其实可道者，园中皆曲幽逶迤行道，绿荫夹径如溪水曲流，颇有“曲水流觞”意境。初来乍到之年，情不自禁，曾拟一幅联句：曲江曲水水曲赋；兰亭兰花花兰诗。兰亭诗，曲江文，浪得地宜之雅，意念将多年非专业杂稿字纸，谬为敬惜，结册自存。集名“曲水兰亭”，固因地宜，似不为僭越风骚。然谬称诗文，则要略加自释，稍为名实思辩。

俗语“文史不分家”，昔日人云亦云，其实也不尽然。自治农史多年，笃信二者大相异趣，不同轨亦不同法。古人有论，诗文有别裁，非关学与理，意为文学形象思维，有别于逻辑思维。每自偶尔涉笔诗文，文之形象与历史逻辑总不容协调，常于胸中交战不已。所成诗文篇什，终归是概念逻辑占其上风，形象意境则不堪言。无美学之天赋灵感，何以诵诗赋文？多年踌躇疑滞，实有不欲率尔结集之虞。

然退而思之，若分而论之，诗文不同于史者，实在其雅俗共赏，乃文学博大普世包容性。非如农史等学科，画地为牢，必以专业研修为能事。诗文虽崇尚大才名家，却亲近民风地气，有不同层类作者，又面向多元受众群体。大凡情动于衷，皆可吟诵或记叙为诗文，所谓源于生活，阙功在社会之政教风化。自古诗有风雅颂，文分赋骈散，今日网媒更加广普泛化，包容囊括各种体例类型，甚或无绝对体裁分别。诗文的文学品性，原本如此阔达厚道，无分贵贱高下；世人或贤愚不肖，随唱随和，彰显太平盛世之文化形态。既然诗文德性不拒笃实朴拙，又何必胶柱作茧，徒然自划文史领域分际。为农史者或作跨界“票友”，结集业余诗文杂稿，当非乱种他人田地也。关于诗文集之称，如此自解纠结，还望诗文家者雅谅。

虽说如此，欲辩称诗之虑，总不免言謇语塞，捉襟见肘。大约专业农史之年，心无旁骛，未萌染指诗词意念。告老退休，常遇以诗词歌赋文事献疑者，且多为名下学子，亦文史不分之故。无奈藉少壮年所修音韵常识，以诗词格律为枢要，与之交谈相释。盖古今文章，以音律成句，为大众喜闻乐见。唐以来近体诗格律既成规范，按平仄声韵模拟，求得表面形似，为时也不过百日之功。于是缓言诗词意境的形象思维，不妄求要眇宜修的高标，唯从诗歌形式切入，冒昧作“格律诗之渔”讲题。渔意要点：一是韵律美感的养成，强调四声用韵的精致效果；二是声律平仄的实训精练，其间、对、粘、联关系，唯熟能生巧。两者中特重平仄声调辨析之功，以其关涉格律结构与诗歌节奏。同时涉及孤平、连尾和拗句，以及规避拗救之法，从而见识格律原理之科学性。为此躬身入瓮践行诗作，以体验格律要领，诚数千篇顺口韵句之由来。然诗的灵魂实不在声韵格式，而在文学的形象思维功力，上言诸种禀赋与专业局限，所习所论只能停留在格律常识表面，绝无可能更上层楼。故兹集筛选若干首习作，实为弃笔洗砚之存念。粗略分为南郭、曲江、广府、游旅、之余等篇什，以系念西安城郭内外居次，并广州儿孙家，以及游旅行藏等，皆与成诗环境背景有关也。

关于文之名实思辨，也颇多情结。凡自为农史专业文字，多年固执于“陈言务去”和“辞达而已”，即心守“简练”与“明白”两义法。虽言取乎两者，实未必得其正果，倒是形成诸多自以为是之行文习惯。例若平素作文，殊不喜用人称代词，尤忌第一人称；颇厌滥施西语介词结构，绝少用于句前状语；惯于合并相容词组，顺接因果递进关系短句；鲜出长句，亦不悦细碎短语；避用顿号引号等标点，嫌其割裂文辞

破败语气；又常适可加入少量文言副词，以求文白辞句交融，雅俗语气相通。自揆绝非故作斯文，要在无伤“简捷”与“明白”原则。多年固守两义，却也未能得心应手，而如此坚守，正确与否，亦未可知。好在属文积稿无多，谨分为题句、序跋、嘉会篇目，不拘伦类而和盘托出。大约除书序篇相对冷静客观，其余内容皆真情所至，有感而发。至情诚可贵，然文章既是个人情感，亦社会意识之形态。唯修已以自强人文素质，精炼文学形象思维本事，方能将主观感情之文章，升华到科学审美高度及诗文境界。总之，称诗称文，愧不自信；而若不以诗文名集，读者莫明著作就里，出版者更不以为符合规范。遂询以师辈大家，言谓“诗文无定法，发为心声而已。”“千首诗当为格律，五十篇多为题辞性文字”，拙集闻此教言，终于付梓刊行，且自为序。

庚子仲夏　于不可斋

目录

— 诗句篇什 —

曲池（寄居曲江兰亭小区岁月诗）

南郭（寓居古城南郭期并附赏戏剧诗）

广府（旅居广州可逸江畔及丽江花园诗语）

乐游（游历旅次诗笺）

— 文辞篇章 —

题记

序文

追思

诗句篇什

◎曲池（寄居曲江兰亭小区岁月诗）

引子

雁塔曲江池畔风，寒窑炊爨袅兰亭。
毗邻竹里古坊巷，鹊跃蓬门灞柳迎。

注：小家寒舍，不隐居处。住址西安雁塔区曲江兰亭小区，曲江池南路—竹里巷交道点。又称《自报家门》，以见诗篇分类体例，并为全诗篇目发凡。

风雨月阳十度秋

秋风癸未一揖袖，秋雨长安隐巷楼。
秋月霜菊花自秀，秋阳无限善甘休。
秋风癸巳十修稔，秋雨曲江望舫舟。
秋月兰亭诗幻梦，秋阳布道老庄游。

注：仿隔阂大扇对体，为羁旅西安十周年而作，时维癸巳孟秋。

曲江池状似扬州古池而因其名

湖池之状广陵似，冠彼盛名此喻之。
武帝崇文天子命，流觞千载曲江池。

注：广陵为古扬州，其风景区素负盛名，今之瘦西湖亦在其境域。

夜登曲江阅江楼

阅江楼晚碧金煌，曲尽湖池风月光。
水殿荷塘菡萏翠，临流暗柳鸳鸯藏。
小酌漫饮兰舟岸，大筵箫笙夜未央。
今世盛唐无所异，乐游同梦共天堂。

兰亭续诗

幽径逶迤绕墨亭，宛然曲水流觞中。
寓楼窗牖成格调，万点灯光羲字铭。

曲江翠微阁

古阁相傍阅江楼，苍翠终南望眼收。
缥缈如微云雾动，不题一字也风流。

曲江翠微霏微两阁

霏翠双微姊妹依，婷婷玉立曲江池。
翠峦山色染阁秀，烟雨楼台云霭织。

兰亭寓居题咏

荒村郊野起楼寓，名赐兰亭风雅居。
曲水流觞稽古意，惜无书圣墨池余。

夜阑曲江池

芦荻秀岸美湄生，曲柳柔丝江晚风。
坐爱湖亭观止水，细聆万籁草虫鸣。

纳凉曲江池

欲凉何所适？曲水柳丝风。
暮晚炎喧尽，沁心江露生。

早荷绽放

曲池西岸莲花塘，出水芙蓉一茎香。
菡萏千苞沉睡梦，红荷秀领夏风光。

丙申中秋

曲江柳岸弄扁舟，向晚甫登赏月楼。
阖府团圆三代乐，筵邀婵娟共中秋。

曲江睡女塑像

人笑女肥裸睡羞，女羞笑者无厘头。
倾城美艳非颜色，万种风情曲线流。
慵态懒休藏健魅，硕臀丰乳稔金秋。
温良朴善勤劳像，小憩柳荫炫自由。

曲江观春芦

一

春心冬令冰下萌，时在十一葭月中。
莫谓惊蛰虫叫早，芦芽潜水趱先行。

二

芦芽如笋暗丛生，出水尖尖若箭翎。
曲岸绿湄镝簇簇，莫非赤壁送东风。

三

美目盼兮秀美眉，水湄漾矣水风荻。
春江曲也芦如黛，张敞画之何笑讥？

夜游曲江

暮霭霓虹夜曲江，画船荡水泛萤光。
环湄荻畔望楼月，一苇心舟天汉航。

曲江亭中秋赏月念及学子二首

一

月上曲江杨柳头，举杯邀月唤朋俦。
莫辞天各路遥远，圆月既来君甚愁？

二

曲江池漾曲江风，曲江风爽曲江亭。
三五月念三五友，三五友共三五明。

曲池湄

美女美眉水有湄，曲江池畔万人迷。
淡浮荇草绿萍甸，浓叶蒹葭芦苇荻。

风起翠畔情盼盼，波翻湖畔草蔼蔼。
原生古态水方子，不饰粉妆伊自湄。

曲江赏荷

一

阅江楼北小荷池，水殿观莲初夏宜。
枝叶绿葱高丈许，芙蓉出水化仙姬。

二

曲江池右睡莲池，荷月不觉幽梦迷。
久待难得菡萏放，芙蓉国秀误佳期。

曲江亦步亦诗

一日三匝曲水滨，健行不意铸诗心。
平平仄仄随波荡，怀古韵来独自吟。

曲江南湖游思

草屋茅舍于何存？风雨杜陵过眼云。
曲水日流歌不尽，江头子美似行吟。

曲江踏春铜塑群像

香车宝马欲何往？春月踏青曲水阳。
帝女王孙争日丽，霓裳纨绔盛唐妆。

观曲江泳赛

五彩浮球水道畴，踏歌群舞曲江头。
秦民怀圣江游日，儿健鱼欢竞自由。

闲步曲江

夏爱曲江晚，灿星共月阑。
风清湖夜静，柳岸灯花繁。
蛙闹鸳鸯浦，蝉鸣莺燕滩。
缠绵情话地，群凤傍俦鸾。

曲江常态景

唐赏丽人今美媚，曲江自古女儿国。
虽非酒绿灯红肆，万种风情时尚模。

曲江夜来风

风柔曲水绕江柳，花醉江菊九月秋。
策马王孙隔世去，时兴美瘦丽人游。

中秋曲江念亲朋师友

曲江曲水曲流觞，夜爽夜阑夜未央。
月望月圆月树桂，秋翁秋绪秋思长。

久违曲江池复游偶得

车行流水若游龙，万众街头如虞衡。
大隐卜居藏闹市，曲江彼岸静虚亭。

曲江释名

南廓湿地水，名僭广陵湖。
风雅长安颂，琼宴流觞浮。

曲江即景

曲水南池江夜景，寒窑炊爨袅兰亭。
芦湄荻黛潭眸子，迎客水楼灞柳风。

曲美大观

垂柳绕堤水漾绦，曲江美景女妖娆。
芦荻湄黛湖目盼，万顷碧波霓彩飘。

端阳曲江即景

蒲茂菖香曲水湄，扁舟一叶蒹葭涘。
越穿千载女何祭？婵女流觞念水祇。

菩萨蛮

少女蕴男劲，夫男藏女颜。
阴阳同化体，大善菩萨蛮。

菩提树下

菩提树下佛陀灵，叶茂枝繁度众生。
居士庇荫得善果，文观普地四菩行。

雄鸡五德颂

《韩诗外传》“鸡有五德：首带冠，文也；足搏距，武也；敌敢斗，勇也；见食相呼，仁也；守夜不失，信也。”传颂德禽至善，欲赞者无从置喙焉。吾既生辰酉支鸡肖，试循五德之说，引颈高吭为之长鸣，聊与同属歌美颂德者是也。

文德

文星使者堂皇冠，金紫红翎三品衔。
满腹经纶惊世唤，彬彬美质范翩翩。

武德

赳赳猛士百禽英，金爪银钩藏利锋。
上将伐谋崇大义，止戈为武乃称雄。

勇德

孰若犯侵知耻勇，怒搏啄喙眼通红。
御强血冠死生战，敌倒不伤旋铁笼。

仁德

亲善厚德泛爱众，伴雌携稚伙群行。
觅食美味相呼让，六畜齐家其乐融。

信德

人言为信见贤齐，啼晓伺昏忠守职。
昼不休眠夜半寐，丑寅卯刻报三时。

观赏夏威夷盆竹三首

一

名竹状似芦荻态，尖刺屋棚不驯栽。
坚茎强枝条叶劲，夏威夷岛远洋来。

二

嘉种原来亚美利，漂洋蹈海远迁徙。
竹节正气立身命，椰叶行侠扬剑眉。
芦絮湖风潇洒态，蒹葭秋水美人伊。
天生草木择邻处，寒舍青盆君雅栖。

三

呼椰呼棕皆可名，无花无果潜根生。
喜温喜润厌阳照，居美居非夏岛葱。
渡岛渡洋思亚土，宜林宜苑好盆壅。
艺植艺训自修养，若苇若竹君子风。

楼台观花

夏威夷竹贪窗阳，嗜水馋肥徒叶长。
天物生机莫占尽，且留百卉半扃光。

孟冬

嫩冬十月小阳春，柔润寒风轻袭人。
行道丹枫飘彩翼，青篱坪草落缤纷。
秋虫蛰隐园林静，百雀啾鸣寓院深。
荷杖老人向日坐，相询家暖可温馨。

仲冬

未雪朔风冬至令，夜长昼短气云凝。
上林梳木裸枝秀，灞柳礼宾妆绿青。
晨冷车多添塞堵，天怜童小负囊行。
可知寒腊方兴日，枯苇萌芽葭月名。

腊冬

阳冬乍变雪中天，月令终归腊九寒。
云气长凝庭冷冷，地冰滑路行难难。

飘窗好望琼花雨，闭户宜读骚赋篇。
遥念南国红豆讯，粤梅簇案乐团年。

赏荷图

曲江池畔小荷塘，逸态莲姿秀舞飏。
菡萏艳鲜蜻欲憩，萼华淡静玉生凉。
玉肌不染污泥淖，嘉藕有节韵骨香。
湄水伊人朦似醉，心摘一葩秀纶裳。

立秋日即景

一

晚风曲水见凉色，瘦柳知秋思自危。
何事鸡肠多缱绻，高歌鸿雁正南飞。

二

秋步似春姗款遥，晚风挟爽露珠潮。
荷塘花谢孕蓬籽，篱苑菊蕾发蓓娆。
感气蜩蛩哀怨戚，知时蛙噪莫名嚎。
物候节令周天转，何必杞忧自赖聊。

左文襄公书幅四字藏头

天生国柱挽狂澜，地陷东南蹈海艰。
正域当从西北起，气吞万里陆疆安。

读于右任乡贤诗文有感

一

大野苍茫凶象见，跛羊牧童冢荒原，
饿狼咫尺如斯险，天命不亡文曲贤。

二

善文才子慈悲心，笔墨当歌掩泪痕。
肝胆柔肠呵幼仔，天荒老妪夜哭人。

三

紫气东南王佐象，载言五车下洋浜。
报三校二功名著，于髯风飘向渭阳。

四

泾水争高渭水声，池阳文曲启星空。
江湖亡命笔锋剑，长髯狂飙海上风。

五

万马齐喑奏黄钟，独步骚坛一髯翁。
诗心乡韵泾河水，独爱于思秦雅声。

鸟去还鸣本事诗

雏鸟饥寒堕道边，呵食水米醒苏欢。
放飞疾逝倏还转，绕树三匝鸣谢喃。

读新刊康海《武功县志》

南山有玉北山芝，康海对山藏宝籍。
千载舆乘武邑志，百家范本郡国一。
志书体例史书法，班马首瞻秦马蹄。
盛世精刊晤目亮，再读三拜宝藏惜。

竹里巷晨景

旭日绿晨遍露莹，临风欲滴润尘红。
莺鸣翠树道君早，钟鼓城楼催健行。
童子赶学叼乳袋，环工挥帚道洁清。
小吃摊贩走街巷，熙攘往来闹肆中。

贺某君寿诞日

受生八月十八秋，丹桂年年为寿酬。
满院黄菊丝丝笑，香花随喜欲簪头。

观上弦月二首

一

弓弦弯月挂西天，非射星狼莫谬观。
无矢无镝无利箭，分明眉黛盼睛圆。

二

一弓明月挂西天，宛若民间弯草镰。
终守时节朔望淡，勉农除稗垦荒田。

赏月而知

日地月三环绕行，星名天理运其中。
月夹日地晦新朔，地间月日既望明。
上上西西上弦象，东东下下下弦称。
月新朔晦全黑夜，望日月圆十五逢。

浴偈

如雨倾盆起霏微，洗涤尘秽见原白，
铅华去尽滞出浴，还净心丝一点霾。

酬答弘玄林君虞美人词作

君赋慢词吾颂姬，虞兮楚丽情堪惜。
红颜才艺俦五美，雕鞍绣甲特一奇。
拔山失势身先死，刎剑化芳碧血泥。
乌江壮舞动青史，垓下长歌神鬼啼。

夏夜雨醒口占

夜夤起雨沙沙响，觉醒惟恐熟麦伤。
正是五黄六月季，声声滴打老心慌。

贺王上村学术会圆满成功

古栗浓荫笼日天，阔谈农事梦云间。
楼观塬客三文士，农院诸神八大仙。
美女俊男勤侍奉，运筹帷幄贯主坛。
集思广益成嘉会，美丽乡图如画妍。

《诉衷情》词牌新解复诗友

情动于衷诉亦难，高山流水断琴弦。
青青一茎荔毫草，独韵临风词赋传。

荷塘初夏

又露尖尖角，再出三寸莲。
蜻蜓才欲立，蝶舞早得先。

竹也奇

似草似乔造物奇，农家本草莫衷一。
长鞭盘地非根本，节茎挺天空竿虚。
高长不增腰半径，花开反遇命枯期。
遂蒐物谱诧奇异，竹木原属草本籍。

晚见弦月即感

月挂家楼当户徊，登台把酒魄入怀。
兰亭寒舍临湖水，时未中秋赴宴来。

夏至征候

茸解蝉鸣半夏生，昼长夜短震雷鸣。
北方日照南梅雨，也道无晴却有晴。

高温日躁语

烈阳炎气风吹火，天地化炉大沸锅。
夸父羿师龙海主，有灵再战暑魃魔。

读唐诗同感

事烦不必细明言，言语分明反转难。
罗隐诗传鹦鹉语，少说为妙简赅繁。

读某君咏花诗

东邻弦瑟度春芳，梅伴玉兰诗伴香。
曲蕴秦风秋水碧，蒹葭宛若画中央。

端午口占

稻香村米洁如玉，红果山梨甘味滋。
五色五香五彩线，念结一角系国思。

望金钱盆树口占

钱树无钱植瓦罐，金银与尔什相干。
何名虚冠招摇市，嘉卉不结阿堵缘。

闲庭口占

绿萝常绿庶黎院，藤劲叶肥善勇攀。
宅处寒家厌炫世，同斋与我共心缘。

乙未年励志未雨小孙女

种豆见苗乙也难，不争青草冒尖先。
木萌得润穿一甲，未雨时逢乙未年。

为思涵小孙女题照

玲珑小精灵，美祯见倩容。
弯眉涵眸月，静坐思态萌。

送孙女早校感怀

小儿课赋惊煞人，驰载书囊滑铁轮。
鹰鹞旋鸡学政猛，何堪重负姥爷心。

塑盆沐浴谬占诗

某有丹红塑浴盆，文心贱体共修淋。
未知王母瑶池样，堪笑贵妃矫奢心。
浊洗泥足清濯首，善德若水沐生人。
清洁尘秽铅华净，满腹珠玑诗语云。

坊间行

广厦万千浩瀚林，马龙车水海中村。
天酬大隐肆为野，陌路独行仙境人。

无题

岐山鸣凤翔雍柳，凤戏柳丝烟雨楼。
红袖纤纤指瘦手，贪官夤夜醉方休。

馈茗叨品复良雯伉俪

花荫木末隐人家，欲见君心一叶茶。
千里抱罈龙井露，万回甘味润心花。

复谢良雯俪

国茶首品念茗缘，龙井豆香虎跑泉。
良善雯馨天目秀，越西竹苑两契贤

校园漫步

一揖十年还故园，临风长望斗星天。
瞬觉失觅亡羊道，既见子衿忆少年。

慰语师弟

人到万难须放胆，壮言豪语张大千。
樵夫力尽歇薪梱，且守荆柴望青山。

晚步即感

晚来高树鸟啾鸣，疑是美禽娇夜莺。
检点网文知自误，夜莺非类陕之灵。

开门见绿院蓝天感怀

满目绿园翡翠盘，高天若盖苍穹蓝。
同为生命本原色，蓝色精灵绿子仙。

雨过寒窑即景

雨墨寒窑别样景，泉流烟瀑雾濛中。
壁红剪画活灵现，情侣双双秀恋情。

夏至日大雨转晴

昨雨经夜晨放晴，天红如火热风生。
甘霖夏至趁时至，迎暑炎阳稼穑丰。

乡夜景

日落月生灯点红，鸡塒豕寝犬息声。
芸窗书卷夜香醉，家院椿萱馨味浓。

重阳广场乘凉随占

夜如天幕满星灯，河汉长街相映明。
歌舞未央民乐夜，古城新梦大唐风。

外一首

向晚水风凉，月圆河汉光。
夜阑游客散，玉兔广寒藏。

偶观

风起池波漪目盼，芦荻秀岸绿眉环。
大观千古水方女，不饰黛妆称媚颜。

致为《高岗学林农史材》点赞者

老继绝学君莫怪，且将复古为新开。
幸得夫子一言教，半世初心还愿来。

注：校宣传部文也近实，原题称农史才，自坚持改为“材”，就是根木头，为古农家搭建茅舍，或当劈柴烧而已。

自偈

夫波为善道，就下不争高。
避害厌趋利，世无断水刀。

忆秦史得三十六句

西犬丘居天水头，东夷鸟部远西游。
兽禽同化图腾易，农牧兼营禾粟优。
七百年间桑海变，三十八代演春秋。

先宗非子庸奴贱，后进襄公列诸侯。
祀庙雍城翔凤地，兴邦关右渭川流。
益国十二穆公业，开地千里西霸侯。
迁栎孝公鞅变法，赏罚耕战农兵修。
建都渭北咸阳殿，合纵卷席并九州。
同轨同文同法制，统量统度统衡筹。
南开闽粤海南角，北塞长城镇北酋。
郡县通行封建废，通国驰道九州游。
阿房宫阙连天起，骊寝皇陵银水舟。
运变沙丘王驾崩，篡诏胡亥野心毒。
赵高乱政朝纲乱，王室淫逸民怨仇。
苛暴役徭陈涉反，揭竿豪起势无休。
六国贵胄倒戈起，楚汉相争鼎祚刘。
秦世经年五六百，纪朝短命十五秋。
勃兴忽灭秦殇史，万世帝皇一梦休。

秦二世陵感

浑球青塚抔黄土，误得客旅索然游。
荒掩非陵黔首葬，孤坟空洞盗贼羞。
枉尊前殿无香火，新撰楹联多怨忧。
可怪山桃当墓表，百思不解意何由。

秦二世陵园闻语有感

秦殇堂后弹丸茔，哀史是非淆不清。
一统江山谁可治，始皇开业祚难承。
城宫民怨揭竿起，亥豕命绝楚户荆。
天下兴亡天下事，非唯二世脑残庸。

注：游秦二世陵，常听陕地乡党忿言，“就这二货丢了咱老秦江山”。语朴而义乖，感诗。

无语秦园

宜春苑里罔春景，亥冢秦殇系废兴。
触景讳言人止语，树鸟会意噤无声。

鹿为马像

指鹿像前鹿亦羞，愤蹄直奔乱中州。
秦失瑞兽群雄猎，楚汉角逐汉获收。

秦战甲群塑

铠铠铁甲，赳赳秦娃。
魂魄荡荡，威呀喳喳。

秦士兵群雕

旌旗猎猎啸秦风，战甲嘎嘎冲箭锋。
殇史怨园弥烈气，魂牵失鹿睨山东。

秦川牛奋耕塑像

三蹄蹬地一蹄趱，犄角埋头猛奋前。
驾势劲强秦土种，且耕且战统江山。

云游天下图

一统九州道轨同，驷车金盖游兴浓。
锵锵巡幸十三载，崩驾沙丘大业空。

李斯塑像感思

斯人尊像气轩昂，咎罪言功费史章。
掌握同文秦篆卷，袖藏法剑政文囊。
统国大业厥功半，宰相失责莫过亡。
纵宦夷族惨腰斩，厕仓鼠论作何商？

注：斯本寒士，以鼠论起家，称厕仓鼠命不同，当舍厕投仓，世莫辩之。

观宜春苑赵高像感

文武政叁兼宦身，奏章藏掩袖乾坤。
偷梁换柱诏遗伪，弑储灭蒙隳祚根。
惑诱昏君淫暴奢，滥兴宫阙苛役民。
伴君如虎猛逾虎，千古秦殇大罪人。

观秦度量衡器模像感

有升有量有权衡，器用统一兼并功。
同轨同文同法度，国亡秦制未亡中。

秦园古錞于

錞于军乐状如钟，和鼓齐鸣督战声。
谁言叩缶髀搏事，轻撞一槌震耳嗡。

秦半两

天圆一统中空状，平准货殖秦半两。
半半复分复半量，诸侯刀裤剪裁葬。

秦盔铜模样塑

威高五尺秦将盔，缨穗寸三若小麾。
一帽俨然十万众，赳赳武士凯旋归。

蒙恬塑像前感念

伟魁八尺势如山，剑帅虎狼卅万员。
欲斩奸佞忧礼仪，貔貅呼啸顾茫然。

读《蒙恬列传》

三世秦英百战功，两千字传血冤凝。
覆舟倾厦始皇殒，横祸莫须蒙弟兄。
辞辩忠奸良将死，亥阉暴政帝国终。
长城断脉自言谶，太史公说未必中。

胡亥墓

暮秋闲散采秦风，古苑宜春二世陵。
弃甲丢盔车马散，陋犁钝耜羸牛耕。
劳民众怒宫墙陷，指鹿奸佞枥骥乘。
游览江山兴灭史，赢家输尽剩一茔。

秦二世陵即景

亥寝牛眠苑，宜春土冢焉。
昏君荒政事，高宦售诈奸。
丧祚失国统，残民罪逆天。
无陵黔首葬，鉴史可思观。

秦二世陵又感

古苑宜春秦苑林，豕亥煞景断游津。
风云过眼哀殇史，半作笑谈半苦吟。

秦叹

秦殇可痛亦堪笑，一宦作奸统业抛。
如若无出佞险相，谁家十五小儿夭。

指鹿为马雕塑前感

指鹿为驹鹿忿羞，奔逃中野任群逐。
宜春原本御林苑，神兽殇秦不返途。

秦虎符塑

猛虎雄威疾巽风，左执王者右杜营。
国之大事刀兵见，左右符合动干城。

秦编钟与秦石磬

编钟石磬两音悦，瓦缶髀搏荒谬说。
中华礼乐周秦地，大武黄钟籁岳河。

复诗友

荷现芙蓉态，韵流仙子风。
莲池清静地，自在诉衷情。

但阅微信淡为传

中外古今百姓言，街谈巷议漫天传。
高明论补主流见，美艺赏欣媒众欢。
良莠不齐无所谓，鱼龙变异自别然。
唯经四大多亲验，鲜转微博壁上观。

城中村广场舞观

城村也舞夜来香，棚户丽人广袖飏。
浓黛粉眉蓬发首，时髦裙裤胜霓裳。
莺歌漫步欠风雅，劲曲翻花几欲狂。
媪抱稚孙带涎笑，翁吮袋烟滋味长。

秋风片思

秋晚柔风拂抚面，碧星银月桂香仙。
试将冬夏春相比，最爱秋高气爽天。

秋扇

咏秋悲扇思清兰，何事一词九曲寒？
绝唱香君怀尚任，桃花血溅哭明天。

文扇微史

一

扇音通义善，虞帝纳良贤。
汉宋朝仪仗，明清文士签。

二

引风驱夏炎，团扇古今传。
明季褶竹纸，玲珑可袖间。

网骗历险在录

时盗无须破门入，飞檐走壁弄手机。
居家舒脚险割掌，路不拾遗闭户遗。

G20 晚会意境

一

钱塘月夜万仙来，西子笙箫门户开。
风雨断桥缘伞会，越音梁祝舞楼台。
茶歌采采环湖起，茉莉芬芬馨客怀。
秋扇画屏圆梦月，蟾宫药桂宇寰栽。

二

天堂西子湖，最忆是杭州。
风雨断桥会，同行瞻马头。

湖晚觅句

柳丝九尺抚浮萍，芦岸水光挽暮风。
画意诗情寻觅觅，何得灯火夜阑侬。

丙申夏两国际闹剧判词

夜半牝鸡啼，幺蛾扑火急。
脱欧堪笑怪，裁海起杀机。
民主奸民主，法司犯法司。
夏虫毒嗜血，恶报待秋时。

秋虎肆虐

天公纵虎高温猛，涂陕云图一色红。
摇扇空调炎不去，祈神为世驱大虫。

赞郎平

青梅煮酒论英雄，万众举杯女儿红。
球战惜缺男子汉，巾帼挂帅铁郎平。

贺中秋

今夕何运年？玉兔乐翻天。
倾散蟾宫药，中华康政颁。

注：中秋月，国家出台促进全民健康政策，堪贺之。

秦女弄玉

穆公娇女半仙灵，螓首蛾眉卫僭名。
弄玉抓周神鬼异，闺阁乐教秦楼崇。
笙箫激越竹弦细，娥史乘鸾龙凤行。
漫道渭浊泾水淡，倾国婵娟古颜红。

西秦苏惠女

天上璇玑人间织，苏坊蕙子美才奇。
尺锦五彩万情愫，一帕百文千首题。
武后称绝为之序，坡翁惊叹无与齐。
逸闻留笔法门寺，传列晋书窦怨妻。

无题

一

长安非比美都城，欲刖膑膝少斧锋。
无辱尚握司马笔，焉知周易不通灵。

二

当年百米道，竞快称英豪。
蹇老驴拉磨，慢行莫骛高。

梦幻

频年跬步尘埃间，不意梦登小阿山。
举目天际神仙境，扶摇直欲上云天。

谢邹李请柬

一束燕柬启愁窗，六九化班会古坊。
东座会当邹李俪，女闺男舍皆栋梁。

悼佩孙莲大姐

侬自曲江池水涯，爱植北地峁村家。
芙蓉藕性灵无变，天帝赐名旱莲花。

白乐天九江中秋情怀释读

曲江杏苑万重山，何事白翁吟语偏。
身处湓浦心北雁，举头望月岂得圆。

五侄女拜寿忆儿时亲情

家女五妹心上栽，携篮奉果祝寿来。
犹思穷小分桃果，涎口望叔切块栽。

校中白衣护士

美洁似雪玉蝶姿，飞舞院中祛恙医。
不与群蜂争蜜蕊，弃疾去病古贤宜。

贺班群开屏

星网数云微信开，骊歌半世去复来。

往昔夜话传单语，今日开屏重畅怀。

注：嘉许农化69班群开屏。

菊花园雅集

又是长安九月八，满城尽带黄金甲。
菊肥香艳可餐饮，芬巷花园有酒家。
窗语昔音犹耳绕，黉池陈酿醉微发。
人人居筵雅君子，农化秋丝六九芽。

注：甲字，出律，引句不拘。

菊字十二同窗会

菊美菊肥菊可餐，菊香菊巷菊花园。
菊窗菊影菊犹忆，菊月菊秋菊乐天。

释词境酬诗友

一

鹧鸪骊乐行不得，转调醉梅思客歌。
始见唐诗鸡鹿塞，宋词元曲漫天和。

注：副题《鹧鸪天释》，下同。

二

八月桂花遍地开，灵樨一语入词来。
觅香迷梦花乡醉，清照诗娘依玉台。

注：副题《木樨花释》。

纸马戏句

纸马戏为活马骑，马难举步马卧泥。
马非活骥马难起，死马聊为活马医。

纪念长征80周年晚会观感

铁流滚滚震魄魂，碧血红旗惊鬼神。
莫道英灵长眠去？高台教化起风云。

偶语两则

一

曲江偏爱杏园西，不意走出七步谜。
何必鸡肠小肚忌，无非煮豆燃豆萁。

二

七步成诗颇大难，险些子建丧黄泉。
慢出立等狂言口，且忌马疾难下鞍。

借句《浮生六记》

秋侵人影瘦，霜染菊花肥。
莫道世凉热，青山总翠微。

露

造化无踪子夜生，玲珑剔透珍珠莹。
非忧非怨非悲泪，心静心禅心若冰。
风叶树摇纷落地，滋苗润物细微声。
聚为晶液散为气，世界大千蕴霭中。

商周亲仇录

契弃同宗帝喾亲，商周继统脉相循。
姜嫄履迹诞农稷，吞卵简狄肇殷伦。
拘羑西伯演易卦，暴淫王纣肉池林。
访得贤相鼎新命，顺应天时周代殷。

兰亭问池

亭之门右有空池，不种莲花不养鱼。
敢是高明大雅意，专为书圣洗砚泥。

庙坡头闻香解疑

走了和尚走了庙，不夜大唐街景潮。
何故坡头香火烬？风吹雁塔紫烟飘。

秋江树影

曲江池岸三秋树，就简删繁裸秀姿。
绿叶旋黄落水去，穷枝倒影顾芳痴。

《群鸡图》观感

好音好画荐鸡屏，百态千姿见色声。
吾亦酉生土凤相，欲狂夜半引吭鸣。

再赏《群鸡图》

鸡公鸣不已，牝母声喃呢。
唤起行人梦，长征趱路急。

霜降夜半入衾寒

霜寒入骨欲凝冰，老腿五更难热融。
暖气迟迟不通户，秋冬交际苦衰翁。

小雪即景

一

雪望终南远，冰天曲水寒。
孤舟棹自静，群鹜戏游潭。

二

雪漫曲江小，天寒访客稀。
兰亭寂静院，掩户校农籍。

三

庭院雪天地，兰花移暖居。
舍邻笼宠鸟，寂寞自啾唧。

四

温壶煮上茗，普洱味淳浓。
三盏自酬醉，夜读宜古经。

咏雪天

一

纷纷花霰宇茫然，推户自关风卷寒。
将雪煮茗普洱酽，一盅欲醉诵诗言。

二

凭窗遥念岭终南，想必蓝田雪锁关。
昌黎马鸣曾欲退，今朝高铁倏然穿。

三

雪夜冰晨衾暖眠，彩铃三唱懒接言。
原来小女嘱言语，地冻路滑勿出园。

四

小雪时节大雪飘，冰天冻地著白袍。
俯观楼院泥泞路，唯见清工如蚁劳。

五

雪漫曲江江浅小，茫茫泉井水一瓢。
绕湖杨柳冰凌树，湄岸芦荻银箭梢。

六

太白燕雪大如席，咏絮红颜千古奇。
山舞银蛇原驰象，六花源本水一滴。

恩

一人常在口，必也著心头。
此字无须解，谜诗题目求。

注：教师节恩感诸位师友。

复友银杏诗

金格灿灿树奇葩，非杏非银叶作花。
莫误西洋黄发女，亿年遗种大中华。

西亚小麦首种关西考

來牟西来后稷乡，说文一字定周粮。
两河嘉物汉推种，先富关中传北方。

立冬晚景

一

晚风斜月草亭清，近水楼台霓彩虹。
冬近秋阑萧瑟暮，笙歌宴乐夜唐城。

二

冷月弯弯舒夜天，清霜淡淡饰菊颜。
兰亭冬令晚来静，掩户煮茗开卷观。

中秋浮想

风月碧空十五中，嫦娥寂寞广寒清。
神州船箭常来往，故地新天任尔通。

观特大明月

银河巧遇沃腴年，媚月圆明胖女仙。
天上人间共盛世，何谓高空不胜寒？

围炉话年夕

年

甲骨禾熟形体现，说文解字释禾千。
稼植穑获周期事，年复一年兹谓言。

夕

夕字月中一顿点，说文指事半月天。
月升日落临昏暮，约定俗成夕义传。

年夕说

夕为猛兽年小仙，兽害先民咒弭焉。
火爆竹节驱祸害，除夕燃炮谓之年。

拜年词

今岁除夕躬守陕，且将风酒贺嘉年。
曲江池畔兰亭寓，老友鞠恭祝府安。

新年寄语

新元辞旧年，环世不同圆。
强霸阴谋论，诸侯忧寝安。
微屏言雉信，闾巷风耳传。
国盛民何虑？英明擎海天。

注：时年东海风波骤起，忧情潜入贺年帖语。

直罗镇奠基战

万里长征未下鞍，牛师追命老牛湾。
打援攻驿直罗镇，屠宰魔王奠地天。

农家沐

东村浴场农家园，篷布遮羞半露天。
龙脉潜藏通地热，水蒸云雾涌池泉。
非图豪饰尚洁简，为务平民广客源。
火灶黍鸡院香爨，神清体爽饱餐还。

诗村诗庆

事不过三时过三，三家村诞三岁年。
诗兄词弟当歌忆，樽酒举杯加美餐。

冬至候令井释冬

天道循环行岁令，地德授时启民蒙。
日圭盈丈呼阳气，节至酷寒啸朔风。
麋角蜕脱候象现，山泉温蕴启春萌。
夂文终义冰双点，年尽水寒一字冬。

冬遇小阳春

莫畏朔风大雪寒，偶逢日暖小阳天。
梅君未醒水仙梦，童子疑将过大年。

霾三首

一

雾雨野猫文丑象，古今诅咒逆天光。
终风且暴邶诗怨，晦气浊尘周易彰。
苏子赋骚多忿慨，临川霾律倍愁长。
先贤可晓其新味，气臭浓烟吾辈殃。

二

雁塔失踪何处寻，长街十二断行人。
天威神怒甚缘故，地怨鬼嚎奚处身。
逆律伤生非造化，民胞物与殆求真。
红尘滚滚唯祈祷，香篆飘飘过烟云。

三

一从霾雾起尘埃，万类苍茫百事乖。
人不出屋山兽困，花凝蕾滞鹊鸣哀。
孩童庆幸学宽假，商肆叹息生意财。
孙问阿爷缘何故？野貍乘雾觅食来。

古今东西元旦析

西元非夏元，建始不同焉。

欧旦非华旦，相隔逾月天。
民国行太历，一岁两元旦。
今法庆节语，春节与新年。

袁家村食府有感

袁家庄户食古城，雁塔旋飘灶火风。
西府名吃香味爨，乡村供给侧时兴。

皖茗

独袖宜壶试皖茗，一呷津口滋淳浓。
天峰翠叶清香味，别具潜山储子情。

年有礼

桃符映宇红，华运日方中。
酉岁金吉曲，家国兆泰平。

小寒围炉食火锅

烹火克金锅铁红，沸腾热辣笑三冬。
雪檐滴水结冰柱，大汗小寒藏五行。

饺俗五首

一

下褶地皮上褶天，乾坤五味宝金圆。
阖家食饺共伦乐，交运舌尖品大年。

二

考镜源流本草家，辨章学术杏林花。
宛医仲景药为馅，百变民食美味嘉。

三

形如月牙名娇俏，天下普食节仪高。
更岁子时交替夜，万家煮饺度年宵。

四

娇形偃月遨周天，食饺之风遍世间。
亚美澳欧洲海角，中华珍馔万国传。

五

饺角入锅跃若鱼，起浮出没戏藏迷。
鼎沸三滚倏然变，热气腾腾登宴席。

青鸡鸣壶

酉年新创影，壶状作鸡鸣。
拱股臂弯曲，造型师陆青。

注：古有鸡鸣壶者，人多不识其状。岁次丁酉，西安影师陆青匠心独运，以人体造型传其名。

冬树

无叶无花裸体容，俏枝俏茎傲隆冬。
繁桠交柯本姿态，亭立冠疏玉士风。
三尺地凌根送暖，九寒霜雪韧皮封。
腊中虫草皆蛰处，冬树傲然万物雄。

寒窑题咏

鸿沟溪水注江流，黄土寒窑凄婉悠。
贫富悲欢大爱戏，梨园百唱剧无休。

百忍家声户额

清河弓匠氏姓张，不忍人心流世芳。
高第茅屋额四字，仁德族望祖宗光。

无题

龙庭天子庙廊地，二品三公府墅居。
朝殿有人乡党幸，丁酉春贺友朋集。

京师会

家国情义，兄弟兰谊。
姊妹闺蜜，嘉会京畿。

致兰友

芸窗结义金兰好，四袂子衿一套袍。
五载韶华风雨渡，江湖书剑各逍遥。

外一首

燧宏波宁，金兰四兄。
行影五载，老念愈浓。

念学友

月满发荒如草毡，剃头囊涩半文钱。

同窗足手互修剪，待诏无怨时五年。

注：古称理发或理发师为待诏。

五兄八十寿诞献辞

岳麓紫林晨鹊鸣，莲峰仙掌沐阳红。
玉泉荣院蟠桃会，张府筵席寿五翁。

赏丁陈二君咏春诗画兴感

行吟湖畔未央乐，泼墨曲江雁塔和。
农化芸窗两才女，颂春修禊画诗歌。

杂感

斜阳草树古村乡，塞战传书名雁张。
野史真讹何所辨，范仲淹去古谜藏。

无题

一

西风一去不回头，黄叶萧条满眼秋。

何待严冬霜剑迫，挥鞭走马乐息游。

二

秋水伊人叹斯川，无端三弄六丝弦。
夕阳一抹黄昏近，何奈阑珊五夜天。

赠学忠友

行若闲云静若仙，五台禅坐化农坛。
驮经回马桑梓地，一树菩提荫故园。

偶感

江隈水曲杜陵西，兰圃墨亭随女居。
细雨微风闲月赋，春思秋念梦蝶栖。

偶思

七步瞬间一首诗，分明兄帝起杀机。
诗文斩首不喋血，釜底豆萁化土泥。

喜雨

久旱忽云降细霖，天滴甘露喜出门。
何须撑伞遮披挂，细柳插头拜雨神。

六月六观月感

弯月徒弓空断弦，天河牛女浑无言。
红尘碧落寂寥夜，曲水临风度日年。

庐前七树大叶女贞堪赏

贞乃女儿青，花微大叶名。
七卿当户立，秋冷傲霜红。

春花临寒门

名芳桂树富门栽，物业何其势利怀。
残叶枯枝春乃俏，丛花锦绣荜蓬开。

小区名思

兰亭二字正中门，书圣何曾砚墨临。
千户侯家寒舍叟，忝居不聿素食人。

无题

嘤鸣失友和，弦断牙琴拙。
箫管秦楼在，飞仙吟凤歌。

返校途中语小司机

小子莫恋车马官，二十三亩立新天。
养殖务果发财手，金碗何输方向盘。

观军沙场大阅兵

旌猎狼烟漠，点兵朱日和。
国威杀器霸，狮吼大风歌。

秦岭小农家

终南麓峪头，暑日翠华游。
村树合欢笑，黍鸡山醪酬。

偶偈

治大国如烹小鲜，邦交童子闹着玩。
且将世事家常看，麻雀一只五脏全。

五车八斗典故

惠子五车简，曹才八斗权。
庄生灵运语，车斗古今传。

外一首

惠庄子建谢灵运，八斗五车傲古今。
玄道论才多海口，童蒙学子莫为真。

注：原副题《教孙》。

观暴雨

莫喻秋霖细若绵，暴雨如珠索串联。
倾注瓢泼雷震吼，银河云诡欲翻天。

借句偶得

人立小庭深院，访春花事阑珊。
西楼独上怅望，愁绪如丝棼然。

老友弹古筝感

古木琴瑟善奏曲，宫商和律阴阳宜。
鸳鸯戏水枝连理，春江花月夜风息。

赠王陈窗友

玉树琼枝双子花，云高塞上逆风发。
岳华铅火铸新业，龙舞弦歌乐晚霞。

春秋比较天

凉爽未寒冷暖间，云高风畅气缠绵。
一年三百六十日，春季何及秋月天。

三秋三候树

孟仲季秋八九十，木候桐桂枫三时。
桂花八月送香气，九月梧桐叶落枝。
十月丹枫十万火，三秋节令三楬橥。
风寒木末初冬至，独见霜菊灿蕊丝。

晚秋三虫蛩蜩萤

萧杀万物噤无声，惆怅蛩蜩哀婉鸣。
晚暮熄灯郊野静，夜阑残照飞流萤。

烤鸭赞

一世养生萍水池，自肥无忌体凝脂。
今朝蹈火长归去，水火涅槃国美食。

秋夜即句

雨打梧桐叶叶瘦，风吹枫叶丝丝愁。
夜来临案欲吟句，也道天凉好个秋。

春秋楼馆非勾栏辩

秦楼吴馆楚腰宫，弄玉西施燕子营。
天美倾城王室第，莫当瓦舍勾栏名。

复某学子问雍

凤出岐山翔于雍，凤翔栖处古雍城。

先秦十五列公奠，禹贡九州舆地名。
酥手女红湖曲柳，东坡喜雨赋文亭。
关西名镇无须问，一路酒香伴尔行。

教师节致诸贤契

天地君亲师殿后，何德忝列五尊俦？
贤契百位心铭记，惮忘时常数指头。

题孙女秋叶小照

一叶美三秋，大千涵小亩。
见微思巨著，好个张氏妞。

注：正中蕴张思涵美。

秋桐

八月桂花九月桐，季秋十月海棠红。
梧荫浓绿先黄落，一叶知秋谚语中。

校医院即是

命系悬壶壶隐密，岐黄药圣难全齐。
杏林妙手回春术，人病关天仁者医。

藏首诗赠白大夫

白颜素本命，晓日沐晨清。
宁静淡泊志，大德医范风。
夫子仁人道，藏蕴菩萨行。
首惠悬壶义，诗笺无药情。

偶悟

七步成诗莫道难，莲花落败丏中仙。
韵声律句寻常语，李杜巧说百姓言。

读《说苑》秉烛暮学

古稀读简古稀罕，何不秉烛警世言。
盲目劝学师旷慧，晋平纳谏善哉然。

秋雨百步诗

方寸苍穹一顶天，任其伞外雨绵绵。
秋霖清爽存温意，信步拈诗怡自然。

美衣美曲美舞

霓羽裳衣云彩织，太真梦幻人间识。
玄宗鼓乐盘中蹈，曲舞裳参美艺之。

妃泪·红花·血鸟

重门幽院深如海，东壁椒房夜鬼哀。
山野杜鹃艳丽放，冷宫望帝鸟何来？

偶感

夜半觉熟眠自醒，无聊闲步渡书庭。
非为忧事难安枕，年老何来瞌睡虫。

唐举子高中

曲江御赐琼林宴，雁塔题名上九天。
得意春风骋醉马，遍观帝里百花妍。

秋梦

秋雨缠绵宜入梦，黄粱柯蚁梦蝶情。
半哭半笑蒙眬醒，隔壁犬狂三两声。

城中村景

一

车龙风掣欲腾空，林立高楼云雾中。
阡陌巷衢天地变，农夫清道也从容。

二

老壮少青乘晚凉，儿提马扎敬爷娘。
当年垄亩今玩乐，今者涎烟话海桑。

中秋即感

秋雨失时节，绵霖不住歇。
月濛十五夜，婵娟望空嗟。

复某翁

老大白头访故园，朦胧犹记旧芸轩。
青衿怯问何方客，故燕楼梁喜语喃。

有感某友

亦是爹来亦是娘，贤妻良母一身当。
三尺债文奈何付？力挽鹿车急就章。

贺西邻雅红家乔迁之禧

曲水流觞饮，兰亭序圣逸。
三迁择善处，教子卜梧栖。

重阳游车返城景观

日月双阳九九天，踏秋郊野菊香怜。
马龙车水晚路塞，犛挂茱萸牛步还。

重阳思

莫问苍天老否老，但观九九阳重阳。
易学演尽道中数，七九之别神秘藏。

感酬贤契亚卓

南雁北飞胡不归，翱翔张掖护林泽。
胡杨君子苁蓉业，弱水一瓢饮者谁？

外一首

昆仑山下一棵草，弱水三千瓢灌浇。
翌日刷屏五百万，何须王母种蟠桃！

注：古弱水，今名黑河，流经张掖临泽，亚卓创业地也。佛经云：“弱水三千，只取一瓢饮”。大哉，斯言！

温诗悟道

清新本道辞，常昧无缘知。
翠柳西峰雪，香炉烟紫诗。

谢阿莲馈赠脐橙

晚戏临川梦，晨叨南赣橙。
戏橙相异趣，品味道相同。

戊肖四奇图

序

酉岁五德赋，戌年四犬图。
城南两廓老，诗画充竽竹。

苍狗

苍狗白云幻，桑田沧海烟。
花明柳暗路，阴雨艳阳天。
杜甫长嗟叹，葛洪抱朴言。
古圣崇天象，今乃自然观。

黄犬

天使飞鸿雁，地邮黄耳传。
陆机驯信犬，述异载奇言。
明月花心趣，安石面汗颜。
聊狂苏轼老，咏狗赋长篇。

天狗

山海大荒篇，狗神名冠天。
似狸白首状，如豹赤须颜。
食日又食月，贪吃且贪婪。
逢蚀百姓怼，锣鼓退凶顽。

蜀犬

吴牛喘月夜，蜀犬吠日天。
数典柳公教，论师韦生前。
寡闻尤可谅，群吠甚堪怜。
莫笑川畜陋，藏獒罥宇寰。

复贾君

思念何能忘？交游莫勉强。
阅读书往事，还复月华光。

题莉君伴母雁鸣湖照

望百寿星轮座悠，古稀孝女伴游湖。
三冬红日暖云笑，湖雁呢鸣乌哺图。

新元

今岁是何年？试为君子言。
中唐更纪号，国史名开元。
道教释涵义，玄宗新纪年。
今称新时代，盛世复开元。

复某君自度诗

佛不渡人人自度，度旁无水且无舟。
徒思空度苦无计，一字之失佛也愁。

参用袁枚句

任它鼓乐闹翻天，独对菱花饰皱颜。
妪老玉身笄字女，嫁妆未就莫急观。

诗梦三爷归分图

白雪满门齐挂孝，灵车自驾马萧萧。
呼鞭不减当年勇，又见三爷风火飚。

借句兼参用句

又是金秋九月八，长安尽带黄金甲。
赋闲坐爱曲江畔，遥望终南捷径花。

致都市报编辑

年年诗物语，岁岁咏生肖。
乡党三秦报，迎春点赞嫽。

红蓝月食观

蔚蓝圆月挂碧空，宛若天宫水精灵。
忽变素颜红日现，嫦娥寒夜弄风情。

无题

楚林荆树九头鸟，惊鬼泣神一怪嚎。
云雨巫山妖雾漫，龟蛇江汉销江桥。

偶偈

课弈图旁墨镜观，聚精壁上望狼烟。
贤愚二徒并肩坐，俱在师心一战盘。

纳凉重阳广场

夜如天幕满星灯，河汉长安相映红。
歌舞阑珊未央夜，古城新梦大唐风。

即句

火树霓灯红欲燃，黄昏暮晚夜未阑。
曲江环柳细风袅，暴走健儿锵步坚。

鸭禽

陆行水凫两逍遥，憨态萌掬厌傲娇。
不拒杂食无虑胖，禽中居二让鸡高。

即兴

夏荷何慢慢？小脚纤尖尖。
踩叶芭蕾舞，花仙娇水潭。

命

一人一口一卩命，四字合文其义成。
长跪叩头何故事？死生命运老天功。

致群贤

曲水流觞邀月赏，兰亭墨染桂菊香。
中秋倍念契贤辈，将酒一杯圆梦强。

无题

一

无车弹铗不食鱼，梦唤乌孙天马驰。
未必名山藏大业，终南捷径可图之。

二

不为己利不食鱼，无车弹铗为著籍。
大业名山何敢问？终南小路自成蹊。

拜谒石声汉先生故居有感

夫子鹤游芸舍空，古杨左右守门棂。
欲恭祭祀无香案，洒酒青石拜汉翁。

念石先生

凤鸣岐岭头，西北有高楼。
夫子乘风去，楼空云月悠。

外一首

石奇疑是女娲遗，声籁秦川诗语淅。
天汉流星多异彩，农家传道古籍稽。

随题

兰亭绿院泛秋红，山虎蔓墙傲西风。
岁岁黄花金甲傲，重阳九九换新容。

赞某生

祖国即母血缘亲，无论富强与弱贫。
今日万邦屈首敬，愈坚赤子般红心。

复谢小周馈礼

勉水诸葛饮，上茗周苑茶。
陆青壶福兆，仙炁瑞秦巴。

无题

一

男儿堂堂七尺躯，不为高厦自尘泥。
铁肩八口亲缘系，何敢偷生苟且息。

二

疏柳春风声细细，暖鸭曲水游嬉嬉。
桃夭红粉透春讯，醉步踏青勿踩泥。

三

不知何去问何来？四野苍茫天地怀。
骛远好高终自惑，风吹草低马蹄开。

四

循规蹈矩未成圆，无饵直钩垂钓竿。
百事难成终不悔，酬勤行道问苍天。

五

疏柳春风声细语，温情水脉暖鸭知。
桃夭红粉透花信，天命东君敬授时。

仲夏来

暮降夜来风，悠然曲水行。
树荫群鸟唱，柳暗藏蜩声。
栖鸟恋巢树，塘鱼戏蛙鸣。
江湄偎伴侣，鸳宿并莲红。

知否

草花常五瓣，雪片六棱联。
何事差别异？天花数大焉。

丙申年兆

丙丙之词其义炎，申申者也谓舒然。
国强丙丙立干位，民乐申申和美年。

夜踱

曲江霜落寒窑露，星夜怅然将酒筹。
疏木瘦林斑竹泪，冬阑岁尽无获羞。

昔日图书馆记忆

碧树玉楼畅惠风，草虫林鸟噤啾鸣。
书香充栋文人醉，倒把西施饮一盅。

梦中梦

勒马挥诗边塞篇，擒回首级墨微干。
祝捷金鼓惊儿醒，老梦笑识小少年。

偶感

寒窑曲水自鸿沟，秦苑兰亭墨砚楼。
云霭杜陵烟色暮，茅屋何处寄诗愁？

复友人诗

谁为庚子吟，岐下庐中人。
莫语鬼神怪，公羊左道门。

四大甲

堂堂堂堂，郭董罗王。
鼎彦观雪，甲骨四皇。
无论先后，各擅所长。
首联子展，余句轻狂。

即景即情

满目绿云草树烟，曲江唱晚小舟莲。
望观日暮塔归雁，坐赏寓亭紫墨兰。

外一首

冬腊夜寒深，巷街少路人。
慈恩寺鼓噤，月照古城门。
扫码入家院，检查口罩勤。
传言新菌虐，宅寓抗疫瘟。

读晚清李娓娓诗作

娓娓道来娓娓诗，易安为姊妹随之。
李门千载双杰女，天下男儿谁配斯。

题化 69 金会即感

初心旧雨恋窗愁，鹤发童颜故院游。
寒舍老楼昔日燕，骊歌春梦五十秋。

新岁辞

辛干主甘美，丑牛乐沃田。
家藏千石粟，国泰万民安。

任道担当者

拔山蹈海秦人慨，席卷六国今又来。
气论修齐天下事，关学大道太平开。

偶悟

点石成金岂神奇，存乎文心有灵犀。
撒豆为兵鬼道术，去无踪影不迟疑。

外一首

燕雀茅檐争丽鸣，雄鹰翔宇笑天声。
贤能识大不肖小，小叩小鸣大鼓钟。

致人文院学子

农业高校守农门，人文学院出文人。
国学底色绘国梦，立地顶天赤子心。

快闪抖音新调

下里巴人古有之，大妈老干可为诗。
阳春白雪莫嘲笑，探始溯源恁儿子。

观屏感

纤纤妙手玑玑文，袅袅舞姿可可人。
碧落红尘难觅遇，微观快闪自媒神。

仿作

东亩一苗谷，穞生春自花。
香飘四野散，难觅主人家。

文艺南路45号四首

一

梧桐蔽径院深深，闹市结庐无噪尘。
陋室棚楼金不易，夏凉冬暖倍温馨。

二

花草虫鱼门市景，鸟禽宠兽奏歌鸣。
坊间烟火随风爨，秦味小吃甲古城。

三

朝闻鸡犬鸟啼声，午见两街花木明。
晚步家旁餐业道，饱尝烟火美食风。

四

清晨小院静无风，启户细观雨雾濛。
自幼悯农常嗜好，惯听雨打梧桐声。

小院二首

一

两楼相抱院庭亲，桐道交荫户户邻。
猫狗戏玩人语笑，一家香爨九家闻。

二

一方楼寓一方境，满院桐荫满院情。
道径深深深几许，融通春夏到秋冬。

石敢当

兰友雅贻石敢当，蓬屋禳镇兆吉祥。
华阳地火铸刚体，南洛山河秀玉光。
造像神功寿龟态，图文天就洛书章。
兄台沐瑞古风地，吾祭敢石话海桑。

注：2013 年春节，三宏同年馈艺石，以镇宅石当之奉之。

偶兴

惯事农学念圃园，城无耕地辟诗田。
砚池撒种两三豆，蔻秀散香五笔尖。

沃灌草花蝶恋舞，琢磨辞藻鸟歌言。
何须片瓦立锥处，屯字十千开陌阡。

蓝桥怀古

秦峪蓝溪水古灵，小桥木板志书铭。
尾生抱柱庄周赞，舌士游言燕主从。
绕壁元白诗会梦，航英兔杵月仙宫。
青莲苏子纳兰句，数典勿轻儿女经。

麦神颂（排律）

诗序：为纪念小麦育种专家赵洪璋教授诞辰一百周年而作。小麦原产西亚，考古所见约四五千年前传入中土，后稷教稼有之，祀为稷神居首种；汉武帝推种及黄淮流域，开发北方传统小麦产区，惜两千年单产不逾百十斤之限；赵劳模新种亩产翻番，开启小麦高产历史，厥功亦在后稷汉武之列，实为麦史第三里程碑。麦神者，民间之舆颂，非意识形态之社会心理俗语，姑妄言之传之，总不乏教化正能价值。西农六十年校庆间，麦神已入纪念典册，《神农之光》有首题之功。

嘉种西来天有情，斯神诞降麦丰登。
莫讥庙祀农家愿，且访民间碑口铭。
阿母穗谣思幼梦，悯农餐粒化心灵。
爱国当种神州地，实业先食百姓生。
周祖教稼来牟现，汉皇宿麦越秋冬。
岁悠千载穗实眇，亩穑百斤仓储穷。
乃粒秕糠衰痲籽，圃田绿浪景虚空。
地生万物常新壮，天怨主粮难旺兴。
近世兵荒频战乱，九州年馑苦聊生。
雄鸡高唱红旗舞，志士奋发绿野行。
草笠芒鞋挥汗路，移花授粉巧天能。
建国解放党成业，救命疗饥劳模功。
造化天工开物理，杂交育种始新兴。
运筹帷幄目标论，决胜陌阡学术精。
碧玉蚂蚱花蕊配，丹英秦颖矮丰名。
卅年三品北国种，亿亩万乡世界峰。
碧麦兴国功至伟，劳模桂冕冠书生。
饱食难忘饥肠苦，鼓腹长歌教授情。
农户圣人农户敬，若神供奉若神灵。
诸君莫笑民俗事，风颂麦神传正能。

亥年赞豕公雅量

一

当家一豕品行优，不抢马牛羊序头。

大肚包容六畜位，尾随鸡犬不为羞。

二

无争马牛羊首，甘殿犬鸡尾后。

六畜位何不平？且观猪腹船斗。

三

鼠牛虎兔龙蛇，马羊猴鸡狗猪。

十二生肖位次，亥终文字经书。

四

始一终亥说文，何故部居失伦？

二首六身妄解，诡谈豕义不仁。

注：《说文解字》540部，始一终亥，说解亥义更荒诞不经。

悲梧桐

蓦见秀枝头剃净，欲悲不禁倒寒风。
谁执斧锯戕梧冠，何故裸身煞景屏？
失落夏阳遮日伞，绝听秋雨奏弦桐。
归家群鸟无巢处，暮落瓦檐泣树鸣。

纪念李仪祉诞辰百廿周年

一

李自无言下自蹊，春花秋果则天时。
渠成水到祭贤日，一拜仪翁万缕思。

二

秦王渠址禹王迹，李自无言下自蹊。
春色满园神圣日，万千桃李树渠堤。

悼同窗学友

商山丹水萃精英，香草清流美政风。
乡土农学植命本，亲民秦陕著官声。

倒春寒

孟春梦断猛然天，倒冷时回三九三。
暖日笑阳猴变脸，朔风伴雨冽冰寒。

春到眠先觉

倦掩寒窗隙户缝，酣眠无梦日高升。
似闻暖树风悄语，夜半春还衾枕中。

处暑日院景

一

蔽院沃桐浓叶瘦，蜩蛩转悲吟声柔。
阵风落叶两三片，黄花知时暗悲秋。

二

庭院秋阳敛酷炎，百菊争列户台前。
日影龙槐庭树下，三五耆翁话往年。

三

信步小区漫踏秋，好音树鸟调鸣啾。
天高仰望暑空象，疏叶悄上法桐头。

四

秋来傍晚清凉天，童稚家宠亦乐园。
父母楼台观趣笑，奶爷呼儿换秋衫。

屏观卢沟醒狮雕塑

卢沟狮怒吼，啸发冲斗牛。
双目恨齿裂，一腔东海仇。

注：抗日胜利65周年纪念日作。

叶知秋

冷雨凄风卷西帘，飘窗一叶送秋寒。
知时庭树沙沙泣，落地无家何处安？

浴乎沂　咏而归

——兼嘱门弟应节温读《论语》句

清明仪礼绪繁纷，试与契贤话要津。
崇远慎终主题义，尊神祭祖善灵魂。
寒食上巳节时近，敬火沐禊仪礼循。
春暖踏青郊野趣，终归墓祀代翻新。

上古六朝大乐

卷咸韶夏濩武声，上古六朝大乐鸣。
夫子不知食肉味，舜韶周武奏黄钟。

注：上古乐名有黄帝大卷、尧帝大咸、舜帝大韶、禹帝大夏、商代大濩、周文大武。孔子听乐三月不知肉味者，唯大韶大武。

观京剧《斩姚期》

姚相爵头溅血红，掩屏悲愤语无声。
弓藏狗宴寒心史，高祖先行光武承。
吕后菜刀郭后剑，汉王罪孽女流名。
两尊刘主同台戏，千载历朝演未终。

观《霸王别姬》感

山乃英雄水美人，拔山舞水震神魂。
千年高祖大风颂，万代霸王虞兮吟。

项虞《垓下歌》本事诗

——并酬弘玄林虞美人词

歌者当吟垓下歌，霸王豪唱虞姬哦。
力拔山兮气盖世，羽数尽兮侬奈何。
虞美悲情乌水泣，项雄慷慨马嘶泼。
垓歌司马史籍记，陆贾同朝补对歌。

注：世人歌垓下，而鲜颂虞姬和歌：“汉兵已略地，四面楚歌声。大王意气尽，贱妾何聊生？”《史记正义》《楚汉春秋》所记真伪且勿论，和歌总不违虞姬视死如归之精神，且虞和五言四句，有开创五绝律范之功，惜说不为广传。

京剧《屈原》观感

一

幕落心头雷电闪，欲哭无泪顾茫然。
江河泾渭难为水，秦楚纵横与谁谭。
天若有情天亦老，圣哲可道圣不言。
仁德纲纪理难论，屈子独吟警世篇。

二

地崩山摧人道陷，倾巢树倒卵无完。
道归心理存经纬，卵破黄白还判然。

独醒独清大不易，呼天呼地众生艰。
春秋多战诚浑战，世无直言有屈言。

端午渐为纪念节之推测

北俗忌五大虫毒，艾酒雄黄避晦咎。
南敬水神驱涝泛，百舸鼓渡竞龙舟。
北南同祭不同趣，百姓共悲化共忧。
节祀端阳民纪念，江河万里投粽流。

戏剧《锁麟囊》观感

铁铸富贫一水溶，麟囊百宝两拳空。
厚德积善德成善，水净心空天济穷。

新版京剧《赤壁》观感

周瑜曹瞒乃枭雄，羽扇诸葛化卧龙。
赤壁铁岩熔血火，怪石夜半鬼鸣声。

观越剧《洗马桥》

汉使家国公主情，师徒教仪死殉生。
贤妻慈母苦厮守，悌弟孝侄恩信隆。
十六年经两地苦，三房家教五贤成。
惊鸿幕落大仁见，洗马桥头龙点睛。

观京剧《死水微澜》

天地玄黄呼不言，江河长泪起微澜。
川中哥老血盟会，洋教汉奸险恶残。
长辫白袍罗士勇，红颜乖命幺姑贤。
国仇民恨群情沸，烈火突薪指日燃。

观淮剧《马陵道》

狭路相逢生死道，恩仇善恶报难逃。
誓盟大业草台戏，结拜金兰童子聊。
孙武兵书孙刖继，庞嫉英才庞鬼嚎。
膑涓春秋千古论，鬼谷先生知下梢。

再观昆剧《牡丹亭》

莫问良辰谁户院，休嗟美景奈何天。
道情无故情缘故，不在梅边在柳边。
芍药栏勾人鬼梦，湖山石恋死生鸳。
曲心连理蕴偈意，显祖戏亭奇牡丹。

观京剧《李逵与宋江》

绿林草莽杏黄帜，顺替两歧幡易旗。
泊水效忠分道向，梁山聚义毁堂席。
愚忠时雨无云布，鲁汉旋风亦自息。
天道茫然何所论，一壶鸩酒戏成谜。

观京剧《洛阳宫》

腐虫蛀蠹帝王宫，玄龄谏诤廉不容。
王后淑德行智巧，关雎诗教正唐风。

观京剧《长坂坡》

长坂凌霄一朵云，枪林箭雨将中神。
七出七进无人境，战甲犹怀阿斗君。

伍子胥·浣纱女

千古一胥乖命途，乞食浣女谬疑忧。
抱石沉溺洗伊耳，大义低高问水流。

越剧《绣球记》指谬

彩线绣球情火红，寒窑雾散喜云凝。
越伶不共西凉女，宝钏自剪名戏终。

外一首

有名悲喜剧，苦尽甜如饴。
何事戏喋血？过犹则不及。

班昭

北方才女娃，名炫史林葩。
班固并超妹，诗文妙笔华。
续修八表志，流彩汉书霞。
女诫箴言训，世尊曹大家。

观京剧《杨业撞碑》

雁塞关门起火烟，两狼山战血沙滩。
李陵碑共苏卿庙，忠烈聚魂北塞天。

观越剧《董小宛与冒辟疆》

一

秦淮斜月画舫漾，楼榭歌台夜未央。
传唱不绝缠络戏，莫及小宛冒辟疆。

二

风尘落地见泥性，委土烟花根草生。
乱世恚奸不笑娼，佳人才子点龙睛。

士侠自戕腕臂之异

——观《王佐断臂》剧

壮士断其腕，自伤誓志坚。
大侠戕臂义，博爱成仁焉。
壮士仁中士，大侠义首先。
求仁固不易，取义舍生难。

观昆曲《白罗衫》

江洋大盗杨子案，喜泪血淋白女衫。
父子恩仇奇历记，赵氏孤曲又一弹。

观扬剧《巡按还乡》

古槐空洞案奇藏，父母情仇子孽殃。
始辱终抛罹怨妇，丧心泯性忒毒郎。
严辞理正师教义，恩爱情笃妻泪伤。
忠孝六亲巡抚冕，千年老树费平章。

观锡剧《三三》

太湖一树梅，湘寨女三花。
唯美双璧玉，欲悲梦水涯。

观《赤壁》大戏

八十三万貔貅勇，饮马投鞭江断洪。
天堑金汤流艇舰，伐谋韬略潜蛟龙。
草船智借雕翎箭，坛祭空来羽扇风。
水火挟雷叁虎斗，血凝赤壁贯长虹。

观《赤壁·壮别》折子

扬子风云卷战场，非别易水别长江。
将军苦肉火烧计，赤壁盖名老将黄。

圣诞夜观越剧《梁祝》

情蝶美翅宛悲声，泪洒梨园梁祝名。
三载金兰学子义，十八里送女郎情。
楼台相会别生死，茔墓双栖同冥灵。
越伶菁华唯美戏，久违经典复动容。

外一首

夜观越剧梁与祝，时正西洋圣诞周。
忽忆莎翁大悲剧，朱丽叶兮罗密欧。

又

才观梁与祝，忽忆丽和欧。
恰是圣诞夜，恋蝶中外游。

越剧《青衫红袍》感

一

红袖添香花儿戏，红尘滚滚剧匪夷。
红袍蟒蟒美眸梦，红颜薄命萎池泥。

二

青楼痴女醉功名，剔目劝学泪血红。
纨绔贱歌莲子落，野牛风马不及情。

读《李娃传》别感

似真是假白公撰，亦贱也贞李亚仙。
话本传奇难凭信，汧国封诰何为传？

注：事涉曲江地，故为关注。

观京剧《杜十娘》

藏宝青楼薄命红，香消玉碎萎泥溷。
清白质器妆奁鉴，春水烟花寒胆英。

观京剧《朱痕记》

萧墙庭院殃灾祸，善恶阖家水火锅。
忠孝死生天呵护，贫寒饥饱神佑活。
贪毒强霸万家业，灭性丧德一命索。
因果人间恒定理，高台教化主旋歌。

观京剧《碧波仙子》

真假包公双牡丹，人妖戏恋也缠绵。
龙图不斩鲤精女，公子有德信誓言。
风雨电雷菩萨训，海天云水连理缘。
金鳞三片百年好，恩爱凡间胜似仙。

观京戏《墙头马上》有感

墙头马上弄风流，乐见唐元竞自由。
白朴追先白居易，长诗杂剧爱悲逑。

赏群传《霓裳羽衣舞》

画饼望梅饥渴饮，伊人秋水梦虹云。
微屏仙舞霓裳曲，梨苑贵妃飏古魂。

观越剧《蝴蝶梦》

庄梦蝴蝶蝶梦庄，试情反自堕情乡。
干坟恻隐寡妇泪，薄幸佯亡怨妾伤。
风月无关活鬼语，巧言推理老酸缸。
逍遥有道尴而尬，鼓缶悼妻诞亦荒。

《锁麟囊》借句述怀

柳暗花明休泣笑，投桃报李慰心聊。
江湖书剑从容步，要眇宜修曲赋骚。

观昆曲折子《小放牛》

一

江村花月水桥流，红杏枝头恋兴稠。
牛背笠蓑笛曲奏，牧童渔妹戏春图。

二

杏花细雨沾衣红，渔妹莲池戏牧童。
牛背横笛乞曲巧，蛙鸣鱼跃草荇萍。

观瓯剧《橘子红了》

青枝绿叶梦园景，乃粒一橘滴泪红。
八瓣甜心囊裹苦，千丝败絮隐藏衷。
天雷雹雨草屋漏，风烈苔滑泥路泞。
嫩柳黄花何奈辱，蓝桥魂断死复灵。

观淮剧《大洪流·囍奠》

竹马青青梅子黄，汹沙大浪火鸳鸯。
腥风血雨白虹贯，革命为爹党是娘。

观昆剧《拜月亭》

干戈离乱誓鸳盟，棒打姻缘逆世风。
天厌不仁天作美，花明柳暗月圆亭。

观京剧《春秋二胥》

春秋无义胥多义，伍子申包两义渠。
孝道复仇神鬼助，倾国殃众上苍诛。
谏君诚友牢狱难，忠楚救亡秦殿嘘。
司马有情为列传，春秋并笔记双胥。

观京剧《临江会》

鸿门陈酒临江宴，瑜计多端失少圆。
关羽行藏樊哙势，皇叔逃难效皇先。

再观京剧《文姬归汉》

狼山陇水塞尘烟，高辇踯躅归慢慢。
胡骑驰蹄中土躏，明珠沉淖女才怜。
毡庐腥秽诗书卷，笳曲调悲琵琶弹。
青冢昭君形影吊，汉匈修睦两红颜。

观昆剧《公孙子都》

山有扶苏，郑美子都。
良人吉士，粉女好逑。
善战孔武，壮志封侯。
唯是天命，厌助厮俦。
骄皎溅墨，骁勇残屠。
射人暗箭，畏怯自忧。
高风不胜，将台疯酋。
兵家门派，公孙别途。
周瑜吕布，祖述子都。
小帅气短，史戏传流。

观越剧《断指记》

双指戕断三线牵，一池曲水五波澜。
孀闺自古烈奇女，警世颜氏旌盖天。

观京剧《智斩鲁齐郎》

日四小三耳半笔，鲁斋郎变鱼齐即。
讼词自古不嫌诈，包拯智断法学疑。

注：首句计郎字笔画。

观沪剧《石榴裙下》

一

石榴裙舞想霓裳，红泪蔷薇萎女墙。
泥土草根生本善，大悲掩幕苦衷藏。

二

石榴裙下风流鬼，抱悔失魂其怨谁。
盗嫂陈平万口臭，不疑直语事实非。

观京剧《杜十娘》

柳巷花街柳暗荫，谲云风月谲烟尘。
诡箱百宝诡波尽，古戏多情古道今。

《梁祝》小语

柳暗花明月，嫣红姹紫棂。
草桥兰蕙义，千古化蝶茔。

观京剧《陈三两》

三两烟花才五斗，青楼义教状元流。
贪赃拶断手足脉，官债民冤终有头。

观越剧《墙头马上》

金鞍走马美郎才，红杏逾墙玉女来。
无故原生多故里，大因根在小心栽。
重圆破镜镜伤损，柳暗花明明影衰。
教化千篇一乐果，人间真戏远高台。

七夕乞巧献疑

牛女鹊桥缠绵语，穿针巧妇乞织时。
缘何同在七夕夜？误他良宵一会之。

复观新编京剧《狼牙山》

燕赵塞边边水寒，狼牙山恶恶峰巉。
萧萧易曲复重奏，荆烈壮魂五士还。

观越剧《铜雀台》

铜雀春深筑凤屏，东风祭起二乔宁。
洛神出水豆萁怨，阿瞒漳台云雨空。

《脂红》大义

大梦红楼天下谜，睡觉不过记顽石。
绛珠仙草璟神奉，露泪结情道也奇。

观《红楼梦》某场景

隔院犹闻知己语，木石山海誓盟移。
风刀霜剑寒光冷，香泪难酬甘露滴。

评剧《母亲》观感

一

月牙午夜望儿吟，易水燕山颂母亲。
国难愤激佘太起，薄天忠烈又一门。

二

北方水土北方民，慷慨悲歌燕赵魂。
仁礼为宗智勇信，崇高义气上天云。

再观评剧《母亲》

云蒙山雾白河恋，憨父驾驴聘母还。
石板坑头热火旺，阴阳化虎五儿男。
长城喋血英魂去，老父粮车炮弹燃。
牙月五更何奈夜，鸡鸣喜泪红日天。

《状元还乡》观感

荒村枯树岁沧桑，幽洞空心故事藏。
善恶亲仇浑水煮，状元归里断衷肠。

观京剧《西施》

苎萝村女浣溪纱，濯洗越吴两怨家。
红粉巾帼凭两论，惟侬良善美吴娃。

观锡剧《一盅缘》

洒酒一盅三世缘，悲歌穿越贯千年。
长城哭倾化蝶泪，江畔品茗续孽篇。
无奈桥河婆孟鸩，有情鸳侣忘汤甜。
香茶良药夜云雨，彼岸花开冥界园。

古戏速写

红袖添烛沁肤香，伺读夜漏举子郎。
银灯结彩花双瓣，高兆状元霞帔娘。

听郃阳线腔

韵带土香声带泥，线腔细语女红丝。
牧歌沙苑农夫戏，村夜闺妇幽怨之。

新版京剧《赤壁》观感

周郎曹瞒乃枭雄，羽扇孔明神化能。
赤壁红岩血火铸，犹传夜半鬼嚎声。

观昆剧《雷峰塔》有感

西子湖山吴越塔，情结百姓系名家。
白蛇传爱妇孺颂，有道临观悲愤发。
倾圮鲁师文乐道，危亡高见理通达。
浮屠林立普天下，惟是雷锋言善嘉。

再观《将相和》三思

将相怨恩关社稷，蔺廉千古事宜思。
定国文武两其道，莫过深交各守职。

观越剧《梁祝》

梁祝化蝶古戏材，掩屏欲罢泪珠腮。
少时愉悦今何涕？大美不宜老弱怀。

外一首

柳暗花明月，嫣红姹紫棂。
草桥兰蕙义，千古化蝶茔。

赞明琴君分享《八雅图》

八雅伊居先，自弹日月圆。
曲邀七诸妹，屏秀故窗轩。

秦腔折子《祭江》

杨柳青瓷婀娜妆，一枝潭杏笑东江。
天生秦伶古坛曲，戏醉吴国孙尚香。

注：谭天杏饰孙尚香。

民国时李正敏与梅兰芳会影

梅兰李敏影同图，男旦巾帼伶戏酋。
国粹古今一脉戏，秦京两苑会风流。

赏梅派《抗金兵》

江山半壁荡飘摇，杨子吴钩血战袍。
宋帅联军结义勇，巾帼辅将鼓桴敲。
擒王逃遁金山寺，败寇诱围芦荡濠。
梅子倾情非做戏，救亡抗日唤同胞。

数看昭君戏

阴山胡雨狼山兽，南马不前大漠丘。
匈汉弭兵烽火散，昭君出塞史名流。

读薛宝琴《赤壁怀古》同感

赤壁丹崖红万仞，火烧一炬三国成。
千年血岸古尸染，子夜江涛水鬼鸣。

观京剧《红鬃烈马》有感

曲江巽隅堑鸿沟，蓝峪通幽隐漫流。
崖畔古遗哀婉处，寒窑土洞苦思悠。
宝钏穷困十八载，平贵绣缘二九逑。
灞水蓝桥近正果，络绎鸳侣梦春游。

外一首

五典坡头戏古今，红鬃烈马事非真。
寒窑苦命红颜女，泪洒曲江柳色新。

粤剧女师红线女

红线女声缱绻浓，似闻童仔吹叮咚。
一声丝竹心灵颤，欲破吹弹玻璃瓶。

读戏曲史与友人分享

秦王破阵腔，戏溯龟年唐。
京剧皮黄曲，秦巴古母乡。
二黄巴调调，西路秦桄桄。
来索定黄乐，米拉扯皮梆。
里格弄起板，都啦过门墙。
弦韵分俗雅，黄绵皮亢强。
明清无乱议，诸路主秦梆。
近世倒传论，谬称鄂二黄。
陕贤高调辩，百戏祖秦腔。
论史文字记，何争短与长？

三皇五帝歌

天地人三皇，伏羲并炎黄。
五帝颛顼喾，续尧舜禹王。

注：三皇，天、地、人皇，为伏羲氏、神农氏、轩辕氏；五帝，金、木、水、火、土帝，为颛顼、帝喾、尧、舜、禹。

次韵某天地咸知诗

立命周基运自长，辟雍灵囿岂丘冈。
莫轻文王尚直钓，秦语古今忌射狼。

注：附《天地咸知》：“天地咸知技有长，八千弟子卧龙冈。不学子牙空垂钓，要挽雕弓射天狼。”

观南非世界杯每日论球

一

球战起兮银哨吹，嘟啦吹乐响南非。
三十二旅旌旗奋，普世欢腾争圣杯。

二

马拉多纳阿根廷，主将梅西八面风。
中役运乖伤壮志，失蹄天马也枭雄。

三

巴西国队灿如花，花灿绿茵舞桑巴。
萼瓣枝节何必论？花香万户草根家。

四

输球事小国蒙耻，大战火烧内乱急。
中世欧王时运尽，绿茵落魄法兰西。

五

铁血民族铁脚男，德国坦克震足坛。
更新换血青春注，卷土夺杯待四年。

六

霸海重商轻霸王，曾经皇位让邻邦。
荷兰球运随国命，不捧冠杯信自强。

七

西班牙士善服牛，五百年前霸半球。
今日捧得足赛冠，举国载舞闹街头。

八

莫怨老天休怪娘，勿责细腿国足郎。
浑球圆性随运转，国运转圆球自强。

九

英德百载纪恩仇，近世怨修两进球。
误判英赢德众愤，错吹德入英民究。
损德旧案有文证，英损一球影像留。
两怨年隔今半世，德英对面更仇仇。

忆非典后兴游红河谷四首

一

老夫携伴快车走，百日萨斯战疫休。
忽见丹崖河谷地，天然春禊赤峪沟。

二

青山碧水谷流翠，游客心头赤色飞。
河谷名红君莫问，人间美景绿红随。

三

木屋板室童心境，柴牖悠传羌韵声。
清谷籁音世外地，偷闲一日乃仙翁。

四

谷村夏晚戏秦腔，山吼水呼夜未央。
千载声传八百里，终南峪谷曲源乡。

游寒窑新苑致贤卿四首

一

儿女相随孙雀行，晚游消暑寒窑风。
宝钏故事惋而美，三代笑温千古情。

二

红壁图雕起大观，荒村草野辟新园。
盛世客游多伴侣，系盼细君挖菜还。

三

同袍执子无独眠，长叹十八惜宝钏。
遥望千里南粤地，虽无矫作亦潸然。

四

秦桃投岭南，其味半酸甜。
南粤多嘉果，何时报荔还？

子夜倾听雨声

一

夜雨潜来初未风，耳闻细细沙沙声。
雨心惮扰睡人梦，人感雨心熄却灯。

二

雨脚骤然急转匆，丝竹交响共弹鸣。
倾聆细辨声源处，雨本无音万物声。

三

万物雨歌骤起风，乐中复有黄钟鸣。
雨如琴瑟风如鼓，风雨交加韶武声。

四

斯人听雨人多情，彼雨知人雨自鸣。
情动雨中化韵句，雨诗伴睡至黎明。

小寨汉唐书城感思

汉唐书厦兴，风化大学城。
籍肆如巢构，青衿若蚁蜂。
长安居不易，小寨书多情。
雁塔题名处，汉唐文曲灵。

夏秋交季郊游

终夏初秋季，雨晴风静宜。
游食农户乐，聊祭禾稼齐。

复某友小鸟照微帖

或鹂或莺浑不识，隔绝两地对屏思。
鹅黄翠绿玲珑鸟，再问高明冀确知。

微频《老爸》歌恸怀不胜

一声老爸撼瑶琴，闻者齐吟弦断音。
悲泣苍凉哭亦诉，当歌自念恸人心。

偶遇

巷遇乞食郎，百钱无碎洋。
殷勤呈烙饼，嗤笑且扬长。

剥食核桃偶诗

坚壳如铁颅，灵脑满廻沟。

考辨引栽史，功德博望侯。

注：张骞通西域胡桃得以内传。

葡萄摊前得偈

葡萄籽粒夥，品味果中卓。
撷梗系长串，禅言一是多。

老哇⿰亻⿱夭非

鸦乌热肠良善禽，貌黑嗓哑老诚心。
善良反落不祥誉，肝脑涂锅醒世人。

注：题意即乌鸦脑袋。陕言头为⿰亻⿱夭非，字词典释为恶，似非本义。⿰亻⿱夭非从人，夭为偏头人，何能引申出恶义，故知陕西言为正宗本义。

辛卯贺年诗

卯门兆紫阳，瑞兔沐春光。
竹报致年问，鞠躬祝泰康。

鸿运当头盆花语

瑰瓷盆卉身姿俏，簇叶舒扬秀发飘。
红顶衷心迎莅客，人花鸿运两相交。

救花

花萎北台残欲弃，一杯清水复新机。
红肥绿瘦南窗下，始信阴阳运命契。

读于诗识于翁

泾流沃稼多杰灵，近世秦贤右任公。
须髯洒飘仙骨相，诗书锦绣大儒风。
激扬沪上生花笔，谋定关中筇杖行。
漫吟翁诗如凤酒，甘醇浓烈故乡情。

外一首

捋须拈来字生风，诗心源在桑梓中。
诸家吟韵多聆教，一点灵犀于髯翁。

校园风水乡土观

观象地缘龙脉长，周原芜芜著诗章。
凤鸣岐麓栖何处，林茂东原有阿岗。
秦渭山河前壁画，漳溪雍水后金汤。
民国于髯杖头点，周祖教民稷业扬。

卜校不经考

凤岗说

岐山鸣凤典文传，翔于雍城地志沿。
祥鸟有巢何所在？凤岗名义演坊间。

龙渊说

西来漳水势如龙，忽潜周原河谷中。
或跃于渊随卦象，尊爻九五上天宫。

凤头龙尾

凤头龙尾望河山，秀美有邰稼穑田。
三捻髯须相地脉，杖头一点立学园。

梦母

抱首相哭大梦间，不亲慈抱六十年。
母云贫窘如昔日，枕泪待明送纸钱。

龙爪槐

称龙不见龙头尾，群爪伸张复绕回。
园匠曲心生变态，国槐扭捏貌容非。

清明祭祖

春令清明肃穆然，时云时雨阴阳天。
祭亲郊野行行慢，花果珍馐送纸钱。

题雅君园林课件二首

一

数百美图数百景，千姿异态美园型。
感君传教匠心苦，妙手剪裁花苑屏。

二

教坛三尺著乾坤，哲理美学乃苑魂。
谁谓茂林鲜栋木，君台当侧艺中人。

兄弟来

兄弟如春去复来，蓬屋洒扫畅扉开。
清茗滋润家常话，将酒还藏好茅台。

清明祭亲

春到清明扫母茔，捧花载酒慢行行。
阳春暖暖原边草，灞柳丝丝河谷风。
心善灵归白鹿苑，炼石魂寓女娲城。
思亲儿女双双祭，白首鞠躬万缕情。

复安经君

小生有道尊师风，迎送从容宜易行。
途路可观秦蜀道，乘机俯辨汉巴峰。
锦城欢娱坐福享，川剧腔高倾耳听。
倒屣程门今不必，乐山泯水自相逢。

读杜白两圣诗句伤感

奈何老惭逼人甚，沟壑之说羞辱深。
诗圣放言似差善，诛伤举世老年心。

自隐照

夜静不闻黄犬语，梦长难遇梅花春。
杜门谢客匿音讯，闹肆结庐桃苑人。

春晓眠先觉

慵掩寒窗疏细缝，酣眠无梦日高升。
似闻风树悄然语，夜半暖春温衾中。

谢秦康伉俪馈送蝴蝶兰花

感君嘉卉动诗心，国梦年春行梦吟。
葩朵列行行列阵，彩蝶飞舞舞飞云。
色如红杏绿枝翠，艳若夭桃人面新。
幻赏蝴蝶兼美草，庄生复梦梦成真。

赏白玉兰三首

一

美白尔雅自灵修，林苑群芳尤亦优。
玉树只为君子赏，兰花不上美人头。
风来舒袖霓裳舞，雨过溢香浣纱流。

羞与桃梨争艳丽，乐为万木望春候。

二

玉树临风淡淡妆，兰容清秀亭亭飏。
花姿款款可人态，碧素清清好自香。
青茎枝枝着叶茂，翠花片片沁芬芳。
津津叹美雅文态，岁岁春观君子郎。

三

貌似红妆又俊男，且成双美致达观。
芳名冠玉当无愧，春树临风原自然。
花品称兰非草本，溢香凝郁更幽涵。
当知雄健婀娜样，大化阴阳菩萨蛮。

理发店即兴

顶上工夫头等事，待招王命早先基。
剃头挑子升登店，时尚虹轮炫彩霓。

六畜六首

马

骁郎骁勇畜中首，昔日疆场英骏流。

故步穷途无创技，论畜今不瞻马头。

牛

功高体健力无比，肉乳皮革无所惜。
德性宜人为世范，畜仁千古数牛一。

羊

清雅温良君子风，不辞独处乐群行。
毛绒皮肉甲天下，羊大合成美字名。

鸡

畜牲家谱有一禽，美蛋献完舍肉身。
晨晓长鸣闻者舞，家鸡护院自风淳。

犬

先民狩猎犬相伴，捷步先登农户园。
尊养美差执警卫，而今宠幸史无前。

豕

为畜不服耕驾役，不执门卫不晨司。
世人莫道老猪懒，舍命憨吃供肉食。

茶茗戏诂

茶茗同物别先晚，俗雅两呼义判然。
名士夕吟花月下，茶人劳作草木间。

茶道哲思

茫然茶事若何求？道在世人嗜苦荼。
香绿相陪苦涩美，雅俗共饮道无孤。

咏茶诗

自敛心香青叶中，沸壶激泡许八成。
汤香欲品先经苦，壶蕴两香醉主翁。

龙井茶

天下三千六百茗，总归龙井第一盅。
翠醇郁美称独特，平扁直光善造型。
梅坞翁家厚沃土，狮山灵隐最宜生。
唯得虎跑寺泉水，龙势虎威冠首名。

铁观音姿色

观音沐浴玉金汤，闻盖欲喷清翠香。
青衽经时袈色变。铮铮铁甲护柔肠。

六安瓜片特色相

六安瓜片皖山茗，粒粒青条瓜籽形。
倾尽茶汤展玉体，村姑自愧欠颐丰。

广而告之普洱茶

普者尚黑水耳聪，黑茶洱海著滇茗。
七彩云南添水墨，一盅风味万千情。

致茯茶某商

茯茗杯尽念君缘，枯树新花承古传。
香绕甘回秦陕味，敢求一饼解渴馋。

续板桥诡联戏为搞笑一首

春风放胆来梳柳，夜雨瞒人去润花。
吠犬屏声警闭户，鸡鸭礼让败风家。

悼包忠谟先生

讣告包公驾远方，无缘相送恸情伤。
一文一著曾谋计，来日问难谁可帮。

题藏头诗一首

陆生奇影才，青桂农林栽。
作像疾而敏，品闲逗乐拍。
掠人唇角笑，摄客美心怀。
魂绕寸方照，魄扬神韵来。

注：陆青校友，影师也，赋五律藏头点赞。

答友诗

游诗诱梦天竺山，奇峻秀逸武陵源。
万磊拾级千曲绕，一藤履杖三足攀。
绝高尔唤丹林海，幽谷吾歌清水泉。
秋渐嫩冬情自怡，临风化境抚诗弦。

致弘友

诗歌习作莫彷徨，吟有声息辞有章。

韵律当先遂口溜，语音自绕主旋腔。
仄平声律两腔调，间对粘联四要纲。
欲练课功三两刻，驻足立马不为狂。

贺孙女学古文结业

杨师家教古城南，童女童男恰九员。
得意门生何处坐？毛亲未雨笑开颜。

元旦歌

君不见元字人头一横点；
君不见旦字日出地平线。
元首何颠颠，尊为天；
旦日何灿灿，开新寰。
旦之元兮，晨日月年；
元之旦兮，天地人间。
元旦元旦；旦元旦元。

同窗会石声汉先师书斋祭念

十二金钗十八缨，白头犹韵故窗逢。
初惊秀貌沧桑变，既抱手足温旧情。

世易维新书苑雅，斯文传统子衿风。
叹惜程雪化云去，洒酒青石拜汉翁。

注：化69，女12，男18。同窗相友，班风淡定斯文，与石先生高山景行。五十年后聚谒，难效立雪尊师之典，唯怅然默祭焉。又缩略为绝句：十二金钗十八缨，白头犹韵故窗逢。程门雪化大师去，洒酒青石拜汉翁。

忆昔

碧树玉楼畅书风，芸台檀案馥香浓。
日读夜颂子衿梦，满腹修齐与治平。

街头见景

半栅女墙百花妍，红杏竞春篱外攀。
妖冶俏枝壅路巷，园丁清道落英残。

大阅兵

一

止戈为武春秋义，盟会诸侯甚可思。
独霸恣睢威虎震，列强踟蹰缩龟姿。
跳梁倭鬼横宾道，勒马朋邦顾自私。

盛国纠雄凭国盛，卧薪十载待其时。

二

卢沟石怨桥狮吼，易水寒殇河倒流。
长隐当年屈辱痛，虎军烈马阅心仇。

汉语入声说略

语真音幻勉求真，入调今亡四野寻。
闽粤尚存残碎系，吴湘若有变形吟。
拾遗北地蒙秦晋，访觅西南滇桂邻。
堪赞方家新创见，更谋瀛海觅沉针。

紫荆树下煞风景

荆朴紫祥孝悌葩，田族分树震千家。
占中愚昧阋墙事，数典自羞港市花。

注：南朝梁吴均《续齐谐记·紫荆树》载：田真兄弟三人析产，堂前有紫荆树一株，议破为三，荆忽枯死。真谓诸弟：“树本同株，闻将分斫，所以憔悴，是人不如木也。”因悲不自胜，兄弟相感，不复分产，树亦复荣。后因用“紫荆”为有关兄弟之典故。

借句：不休与宜修

语不惊人死不休，论词要眇兮宜修。
韵文检点逾千遍，子美静安说尽头。

鄂川浪漫典故

巫山云霭巴山雨，楚馆蜀楼江夜霓。
山鬼子规九头鸟，长壶蛇嘴摆龙席。

思梦屈子出游记

九畹溪流夫子沟，江蓠纤索木兰舟。
荃芷薜荔秋檀楫，婵女伺师湘水游。

偶然

狸猫换子戏情老，碎义逃荒何避妖。
跬步长行积万里，语云篑土泰山高。

说元解旦话新年

一元一旦　美词联绵

元旦叠韵　音读相安
前元后旦　声调天然
形音义妙　说文解全
元字会意　如人头颠
旦属指事　日出际边
元盈阳气　旦蕴阴丹
乾元刚健　坤旦柔圆
元之旦兮　晨日月年
旦之元兮　天地人间
元旦开岁　中外同焉
华夏历法　开元在先
史传年久　号称四千
世界西历　耶稣生年
元旦之日　圣诞非关
国父全智　中西历兼
继行夏正　顺应农天
新引西历　公元大观
首月首日　新年开端
共和国立　双节制颁
阴历春节　阳历新年
大年初一　新年元旦
元旦新象　春节狂欢
普天同庆　合家团圆
华日旦旦　国势元元

乌镇世界互联网风云际会感诗

水圩乌镇板桥新，坛聚万邦网络神。
盛若金华牛斗会，善执首耳祭风云。

偶思

东西南北乐诗游，春夏秋冬闲赋休。
度尽红尘还自态，庄生游梦也风流。

桃杏花边事

三月清明百艳萌，桃花未放杏花争。
逾墙红杏绯名落，人面桃夭文典红。

莫畏

后生可勉无须畏，奇葩非花才幼苕。
且看小儿黄口满，几人齐齿尚纯白。

注：子曰：“后生可畏，……四十、五十而无闻焉，斯亦不足畏也已。”

八花争春

随风不矫杨柳丝，杜鹃梨花带雨滴。
桃李杏梅常争艳，玉兰素面著春宜。

论颜语文三象观

人之形象略而三，模样天生容貌先。
口齿语言其次二，文章妙笔序为三。
全材俱美世间少，学者当争文象贤。
欲论形言莫自秽，斯文重在第三观。

两会一瞥

衮衮诸公登庙堂，春风满面沐天光。
笏书正反皆国是，高论如川语畅扬。

雁张村传奇（七古）

雁张村史蕴奇谈，文记不宜诗语传。
虚事有实真事幻，聊为故事谝闲言。
村名称雁莫奇怪，张姓居此有远源。
雁字念音存铁证，乔迁大约宋元间。

早年庄户居两姓，村号冯张分后先。
冯住旮旯西北角，张居今址位东南。
冯人粗疏张拘礼，苟异求同共地天。
岁月沧桑冯姓泯，今唯张姓留世间。
溯源张望清河郡，氏祖挥公起冀南。
渭北一支古城系，祖茔祭祀高陵原。
古城宗系史实近，老辈清明扫墓园。
往事渺茫乏史据，村名大有人文观。

相传宋夏交兵季，西夏发兵围府延。
十万火急求解困，汴京千里送书难。
宋军大帅范仲淹，军雁传书解火燃。
雁猛奋飞云路病，翅折跌落冯张田。
冯家遇雁视儿戏，张姓救之疾报官。
北宋得援西夏溃，冯张雁事朝野喧。
宋王感事颁圣旨，名赐雁张村义贤。
时势大兴四十户，重修村坞堡双垣。
晚清世变祸天降，民乱村庄焚火燃。
冯姓旮旯成瓦砾，张氏惨存七户烟。
左公平乱西北靖，村野抛荒无主田。
官府招垦外省户，徕民客庄遍周边。
雁张村贵堡名重，庄客仿习务水田。

尊堡为大庄自小，本帮客伙共田园。
传书雁事其原委，趣在文革修地间。
开地碑碣出土显，神奇村史见光天。
村民数辈亲目睹，军雁送书字句全。
庞某断文读诵记，村碑虽佚其事传。

闻听故里遗碑事，将信将疑首两端。
大雁传书近神话，御封村号无文传。
遥思低洼泾渠地，群雁常息水草繁。
宋旅军需犒慰善，支前模范美名传。
雁田张姓并世重，以雁易冯名自然。
好事之人善演义，雁张名誉勒石观。
忆思古堡多遗念，城堡三门犹眼前。
家户庄基今位在，四十家址可复原。
古村古事古碑记，文化价值无量焉。
唯望古迹再发现，雁张更有大奇观。

无名花香

兹卉学名待检稽，繁花枝密若穹席。
路旁驻足久心赏，非爱野芳香气袭。

晚餐烤鸭记事

孙偕爷姥享嘉餐，小店烤鸭滋味绵。
皮脆肉香京品味，舌津口爽适微甜。
且吃且论腻油大，两屉两盘席卷完。
晚睡心怡长酣梦，始知饱食可安眠。

三星堆学术不端献疑

陈渣泛起不足观，颇似飞碟又登天。
古蜀文明称诡异，史家何不斥危言。

注：或论古蜀文物来自外星，清醒者颇不以为然，且以为不端。

三韵小律绕朝鞭

绕朝敢献绕朝鞭，惜昧此鞭绕两圈。
典故明言计策谬，盍究言策命归天。
非知之祸炫知祸，韩子可谓非等闲。

哲诗四首

格致

立地顶天一树高，攀缘奋臂探其梢。
等闲撷采花因果，格物致知立帜标。

诚正

信言为正心成之，有变有为中庸辞。
不倚不偏程朱道，诚意正心尊子思。

修齐

修身律己事天大，禾穗甫田齐己家。
陋巷箪瓢明心志，孝亲悌弟共荣发。

治平

治国安邑政官事，天下太平圣帝时。
岁运小康无乱季，大同世界梦思之。

注：儒家人生八命题——格物、致知、诚意、正心、修身、齐家、治国、平天下。

五行生稼（小律）

火天生地土，土吐冶金锄。
金蕴锄头水，水滋禾木芜。
木燃生火起，如是穑稼图。

注：火生土，土生金，金生水，水生木，木生火。火复生土，以致自然与生产活动，五行相生不息。

五行克食（小律）

火克金锅鼎，金烹木菜成。
木蔬除土味，土去水亦蒸。
水灭火功尽，饮食如是行。

注：火克金，金克木，木克土，土克水，水克火。火复克金，以之烹饪饮食，五行相克循环。

诗无它

诗言志兮志士心，心安下兮诗可云。
云者语兮言吾义，吾无口兮语何存？

注：骚句不拘。

忍字双解

心字上头一把刀，其心坚韧不求饶。
此刀悬挂人心上，一点忧心未系牢。

读书偶感

乃粒尚需颗籽收，读书莫作五车牛。
三千弱水一瓢饮，万顷良田珠汗酬。

无题

朝旦昏夕日月年，白驹飞梭瞬时间。
薄命红颜常世事，劝尔无须苦自怜。

冬树

无叶无花姿裸景，琼枝坚茎笑隆冬。
繁桠交柯木生态，冠发疏妆玉树风。
三尺冰凌根系暖，九寒霜雪韧皮封。
腊中虫草皆蛰处，唯尔傲然万物中。

报春四花使

书案水仙家院梅，迎春雪野山茶随。
东君先遣四花使，报讯阴消阳气归。

途经咸阳原唐上官婉儿墓村旁

离离原上一苗谷，岁岁开花荣复枯。
小女婉儿奇葩后，巾帼宰相败孤独。

借句兼翻用诗一首

感时花溅泪，恨别鸟惊心。
一字入诗句，无骚不动人。

注：借句杜诗，并翻用《四进士》戏文：牛吃房上草，风吹千斤石。一字入公衙，无赖不成词。

打油劝学十二戏句

夏无雪兮冬无萤，锥刺股兮臀惧疼。
头悬梁兮寸发短，偷凿壁兮邻弗从。
欲择处兮非孟母，断机杼兮缺织经。

诚尺笞兮师违法，待哥劝兮少樵兄。
规弟子兮与时进，教有道兮学学中。
打酱油兮君莫怪，诗为戏兮且相容。

注：骚句不拘平仄声律。

忆念

薄酒棉衣单，何消愁与寒。
思文夜半苦，红豆数无眠。

无题

心蔓草荒耘不净，砚枯墨罄笔难溶。
孤灯昏夜临空帐，寥落天河几粒星。

外一首

孤灯斋夜凉，心草秽田荒。
一字无从著，临风何怅茫。

复某友

烟云过眼叹浮生，知己不出十指中。
老丑无形莫自弃，人缘殆尽健心胸。

爱莲微词

濂溪美赋誉洁名，千古诗文绝刺声。
淤淖不染身自好，塘泥谁污水腥风？
濯清无媚意难论，草木何家妖怪精？
莲茎竹菊相异趣，周说休列五君中。

酬某君牡丹诗

雄牛莽闯百花园，香艳国中秀挺坚。
世捧此花骄富贵，岂容牡字太欺天！

老·年·老年训诂

老者匕毛华发男，年为大有禾穗绵。
分文各现人稼事，合体年高位尊然。

即景

一

梨花春带雨，曲柳挽柔枝。
云散月斜照，桑间鸟双厮。

二

梨花春带雨，喜鹊欲登栖。
绕树三匝去，怜惜娇翠滴。

偈悟

劝君莫笑乌托邦，休道古今圣哲狂。
天下为公时运道，大同世界待开张。

校园漫步

一去十年归校园，临风喜望海桑天，
何时失觅亡羊道？既见子衿醒华年。

绿萝绿

一

青青绿绿庆红年，披叶带萝饰墨轩。
不羡艳香花木景，独钟芸室绿中仙。

二

国色华姿称牡丹，绿萝本色自天然。
牡丹骄娇红如火，浓绿盆萝生紫烟。

三

种属高贵号麒麟，叶状脉脉祥兽神。
造物动植无所异，绿萝别具圣灵魂。

四

木秀实兮草盛荣，绿仙非类等闲生。
箪食陋室一瓢饮，生命之花大地荣。

五

绿仙有道神功异，化腐纳尘生理奇。
无性分藤传子嗣，惠风清水陋轩宜。

六

不羡玉盆恋瓦钵，厌为富贵显华灼。
敢询仙子私心仪，寒舍书屋最乐活。

七

翠绿若烟欲火燃，氤氲动漫化姑仙。
自言奴本草根女，愿效添香红袖缘。

八

土水潮湿多气根，性柔质韧温顺心。
长藤善绕不离弃，悱恻缠绵似女贞。

梦绿萝

抚藤惜剪水培勤，日作夜萦游梦神。
野静天河观北斗，月明山鬼乘麒麟。
热林岚雾屈骚颂，绿树青莲将酒吟。
小杜有诗惊四座，独歌仙子晓良辰。

寄语强化网管治教功

微屏知著传学令，推特逐澜传教功。
万马千军师帅府，乾坤运转掌心中。

做作辨

作字性虚连动活，做性务实名事夥。
作乐做人为例型，名动实虚别做作。

（仄韵）

校医院有感

稷乡小镇悬壶绿，碧玉杏林一角楼。
不矜岐黄元化术，白衣仙子护学究。

小榻街巷医院

睡眼惺忪望点瓶，盆菊独静念秋风。
小窗不见南飞雁，耳震马龙车水声。

赞高某人家

家近校西五里邻，后河溪水绕前村。
高氏虎子龙孙辈，耀祖光宗有能人。

怼梅妻鹤子语

寒梅厌幸薄，暗恋亵妻何？
仙鹤喻高寿，癫狂诬子说。

雄与熊

英雄落魄豪情乱，伍子误出俗子言。
浣女清纱忌尘染，何堪刀语断心弦！

注：观京剧伍子胥漂食，而浣纱女投江，不禁愤慨。古今复仇第一雄，然英雄亦沦狗熊之行。

◎广府（旅居广州可逸江畔及丽江花园诗语）

寓居广州丽江花园写实五首

一

大石水汇三枝香，紫气风流龙脉长。
江色天然园占尽，百花锦绣丽双江。

注：三枝香系珠江南岸小支流，交大石水，有超大万户寓区。

二

画地为区立百楼，厦群巧布寓林囿。
粤民侨众立新镇，园主当呼万户侯。

三

南洋铺肆列骑楼，榕庇道荫商气流。
广货趋时图致用，遛闲购物健身游。

四

渔人码头乐游园，古炮塔楼望海船。
假日和家欢度处，犹如渔户水乡湾。

五

江湖白领聚门下，朝暮出归英气发。
粤若古秦近世史，分明当代客侨家。

伴江夜眠

江灯渔火漾霓波，唱晚舟声眠睡歌。
风送清凉摇椰扇，枕流偎水梦仙佛。

二十四番花信风

兹题系古物候遗产，初见南朝《荆楚岁时说》：小寒至谷雨，凡8节气24候，以时花标名，是二十四番花信风焉。风邪？花也，花候也！人或泥于风类之别，致花信物候之义淡然，幸赖历代文献传载而未泯。今为钩沉风花月令，传扬古之民俗大雅，沐浴斋戒，为24花候绘之以图谱，赋之以诗文，颂之以雅乐也。

小寒：一候梅花、二候山茶、三候水仙；

大寒：一候瑞香、二候兰花、三候山矾；
立春：一候迎春、二候樱桃、三候望春；
雨水：一候菜花、二候杏花、三候李花；
惊蛰：一候桃花、二候棠梨、三候蔷薇；
春分：一候海棠、二候梨花、三候木兰；
清明：一候桐花、二候麦花、三候柳花；
谷雨：一候牡丹、二候荼蘼、三候楝花。

1. 梅花（小寒一候）

冬雪雪冬节转寒，梅花料峭朔风旋。
小乔木灌疏枝俏，霜冻冰封傲骨坚。
三友四君高雅辈，千红万紫领春先。
物候禽界存知己，南雁闻香回北天。

2. 山茶（小寒二候）

山茶喜鹊鸟花候，雪瑞小寒三九头。
绽蕊冰崖红似火，花枝草树唤春游。
乡风田韵小模样，茶舍村姑碧玉妞。
秾绿嫣红难自弃，农家昵语女仙俦。

3. 水仙（小寒三候）

雉鸲一曲水仙开，雪友三花次第来。
梅苑茶山仙水妹，绿裙银盏梳妆台。

凌波逸秀玲珑美，鳞鞘馨香花箭栽。
若薤若莵殖阡亩，天葱雅蒜似食材。

4. 瑞香（大寒一候）

大寒鸡乳首先风，山梦花开冰雪凝。
枝蔓婆娑柔荏树，簇锦团绣娇花庭。
色香姿韵四绝赞，博览赏观三誉名。
祥卉妍芳传万载，宋诗咏瑞王十朋。

5. 兰花（大寒二候）

猛鸟厉疾搏腊寒，幽然兰草主时天。
清香淡淡萌春意，绿叶勃勃生暖烟。
隽秀端庄君子度，高洁淳厚俊花缘。
美文芳谱赞辞富，自画蛇足置喙言。

6. 山矾（大寒三候）

岁末久寒冰愈坚，地阳迟滞信山矾。
花籍南野小乔种，常绿北方工矿山。
貌似金栀蒙秀态，香如饴淀醒蛰眠。
颖芽黄彩粉金灿，骚客更名玉蕊颜。

7. 迎春（立春一候）

迎春花放立春头，时雨东风首孟候。

万物苏萌山水醒，阡村筹计稼田畴。
金英吐艳温馨暖，翠缕摇枝迎旅游。
雪友四勤阳气早，农家唤起老耕牛。

8. 樱桃（立春二候）

冬藏虫艺振蛰动，百果未花独秀英。
萼瓣蕾苞凌雪树，桃夭樱艳俏寒风。
娇颜饱沁晨珠露，姿舞丽歌莺语鸣。
爱者珍惜莫任采，待观夏日籽实红。

9. 望春（立春三候）

美白雅品自灵修，篱苑群芳独自悠。
玉树只为君子赏，兰花不上美人头。
风来舒袖霓裳舞，雨过溢香纱浣流。
羞与桃梨争艳丽，乐为万木望春畴。

10. 菜花（雨水一候）

祖述芸薹遗半坡，芥蓝种变演学说。
非属山野闲花草，实富蜜源脂果科。
蝶浪蜂拥迎客舞，春游观景踩青歌。
新村美镇黄金地，万顷江洋油菜波。

11. 杏花（雨水二候）

候雁归春芳苑开，重门红杏逾墙来。
娇颜欲洒胭脂泪，笑靥似羞红晕腮。
家院孤芳独自赏，园林群圃游观台。
风光占尽一枝秀，十二月神如是裁。

12. 李花（雨水三候）

草木动萌欣向荣，阴阳交泰月霜终。
纯洁花性少言语，蜂讯蝶传蹊径行。
素雅清新白美玉，夭僵李代仁义诚。
高格极品多芳友，闺蜜金兰桃小红。

13. 桃花（惊蛰一候）

土虫藏卵醒蛰眠，始电震候桃月天。
经典夭灼诗古韵，世间仙境武陵源。
芳妍美树神州种，果硕优汁仙寿年。
交运窈窕诗卷颂，桃花人面第一颜。

14. 棣花（惊蛰二候）

黄鹂黄莺仓庚鸣，三名一鸟姣词声。
莫为禽雀正名辩，但望春时棣秀荣。
榆叶黄花若梅状，敬兄悌弟喻亲情。
丹江古镇客游热，平凹故乡新旅城。

15. 蔷薇（惊蛰三候）

鹰鸠候变艳阳天，九九蔷薇春满园。
藤本攀缘附木架，繁花锦绣蔽篱栏。
黄红紫粉嫣然色，清馥沁香芳味鲜。
汉武多情奇葩笑，千金丽娟买君颜。

16. 海棠（春分一候）

春分昼夜等时天，燕舞海棠候象观。
姿绰婷婷潇洒态，润红点点胭脂颜。
雅俗共赏解花语，梅柳双淑美质兼。
诗画谁描妃贵相，春睡酣图张大千。

17. 梨花（春分二候）

雷闷喑喑春步姗，梨花带雨惜人怜。
银装素裹冰肌态，淡蜜凝饴香漫嫣。
玉树琼姿柔韧济，纯情贞趣度风翩。
幻如雪海蓬莱境，白至无瑕化女仙。

18. 木兰（春分三候）

仲春始电春雷后，花季木兰当主筹。
淡粉微红多紫色，英姿淑态占俦头。
先蕾后叶早结子，树本芳香宜木舟。
学子尊师奉雅礼，巾帼女将美名流。

19. 桐花（清明一候）

万物清明桐始华，种瓜点豆劝农稼。
郊游祭祖春耕礼，时序盈虚候令发。
高树高标德厚木，普芳普世女郎花。
壮观艳丽色崇紫，梧凤栖卜宜室家。

20. 麦花（清明二候）

玉花细细候奇观，田鼠化鸽谣怪谭。
万顷群禾自授粉，单株内秀谢媒传。
刺芒长穗蕊芳渺，孕子硕实粮囤山。
苞芳畏时风冷雨，农夫祈祷艳阳天。

21. 柳花（清明三候）

阴阳交会见虹蜺，春柳扬花候令期。
穗状茅荑单体性，蜜汁香沁虫妁宜。
娆枝婀袅风流态，细蕊纤微世昧稀。
人厌风飘满天絮，错将飞籽怨花迷。

22. 牡丹（谷雨一候）

谷雨时节雨润先，青萍漾水牡丹妍。
花肥芳艳姿绰约，种性风流仪态端。
国色天香朝野戴，堂皇富贵寿颐年。
始兴魏晋大唐盛，百代洛园王者冠。

23. 荼蘼（谷雨二候）

子规拂羽荼蘼殆，候令农活全路开。
春暮夏萌花事了，万红千紫妍极衰。
山坡草灌独攀放，芳谱诗骚伤感怀。
日月当头佛见笑，乾坤不老夏秋来。

24. 楝花（谷雨三候）

戴胜栖桑春夏间，楝花风信艳阳天。
绿肥红瘦芳颜尽，英落香消苦树怜。
山野道旁传候讯，紫萼辛蕊潸泪弹。
愿将汁液化疗剂，浸灭螟蝗丰有年。

馨香祷祝

桃符伏岁运，竹爆卜年华。
遥念香一炷，福馨师友家。

望梅品茗吟句

一剪南梅香半天，花城寓客年悠然。
粤茶酌品三珠水，稍淡秦茗小绿尖。

冰河铁马风

冰河铁马惠和风，柔韧不拔惜未雄。
必也才情龙凤种，卜巢岗阿隐声名。

天伦爷孙乐

一

孙女绕膝如雀灵，腊冬爷醉暖春风。
不曾初见怯生面，此乃骨缘血脉通。

二

稚态可掬小倩容，娇蕾一朵叹玲珑。
盈尺脚步难追赶，巧嘴令爷拜下风。

三

奶气依稀秀慧中，儿音奶气稚心蒙。
学诗不喜随爷诵，默记自读三字经。

四

儿书玩具小屋庭，游戏过家童话城。
卡虎猛追芭比躲，呼爷缚紧维尼熊。

五

天光日丽畅和风，小步丫丫出旅行。
爷备童车奶护驾，辚辚萧马丽江城。

六

乐在花城育小花，戏随孙女过家家。
兔年倏转龙抬首，遥寄花香兆岁发。

碧桃岁符曲

一

碧桃玉立奉中庭，红艳沁香化惠风。
护舍佑福神祀树，年符入粤随俗行。

二

中华嘉种艳神州，诗颂桃夭古韵流。
和美祈福祥岁寿，鲜花百果乃先筹。

三

桃李无言下自蹊，谦德典范人思齐。
今朝嘉树得相伴，花瑞枝祥佑岁吉。

四

桃夭人面带春红，天地美文诗句中。
君子何辞花运好？桃花嗔笑世俗风。

五

碧冠玉颜树韵雅，夭夭艳艳美神花。
桃仙普爱心平等，符岁不辞百姓家。

珠海沐浴游

一

珠胎贝孕水沙养，海陆沧桑名世扬。
观览神游天演地，珠城遍地耀珠光。

二

汤沐天池祥气畅，榕荫碧水漾春光。
南国时尚新年浴，涤却劳心元气康。

三

央池如月小池星，星月晶莹林苑中。
药酒木花生态浴，香池沐过药池迎。

四

地热板石洋火炕，周身寒气扫而光。
流连温榻不思起，犹待香薰蒸气房。

白云机场畅想

一

晴空蓝湛湛，云朵白绵绵。
银鸟当空舞，赐名缘自然。

二

云色亦绵绵，疑为牛女缘。
郎耕妻日纺，白絮散蓝天。

三

云步何姗姗？疑来七女仙。
俯惊人世变，犹豫暗思凡。

四

云思何恋恋？牵动客心间。
送往迎来事，人情薄宇天。

悼先师

西风寒腊讣悲音，蕉椰雨窗夜断魂。
长忆鸢飘北郡日，倍思揽索挽筝人。
羸驹爱养校辕骥，驽钝驯骋国粹林。
寤寐吁嗟羞愧泪，微波何报涌泉恩！

注：先生恩我，调归派出，皆用心良苦。某大学士言为收虎归山，又为虎添翼。虎虎云云不敢当，然先师大德必也铭心鸣世。

喂小孙女饭羹本事

让食不唾若何义？训诂注家争不息。
哺女老涎垂欲坠，小孙笑破古今谜。

粤乡贺岁

一

五粤高香五尺高，祈焚一炷贺新桃。
念君三拜南风起，袅袅祥烟北向飘。

二

南岭春梅天下早，无霜花自三分娇。
雁鸿知晓须珍重，轻递快邮贺岁桃。

儿戏悟师道

爷喜抱儿儿不愿，背驮儿恼碍前瞻。
儿乞登步爷头顶，偈悟为师修铁肩。

紫薇花俏不媚春

花俏枝头上，自微知寸方。
春风千诱唤，闭户不出墙。

致太湖学子检周伯立吴史

小城故事无锡景，可晓泰伯周古经。
网索循名知所在，吴人祖籍本杨陵。

红豆诗别解

豆凝红泪不轻弹，化作相思孕蕊间。
不愿南国遗怨种，嘱君撷采播中原。

楼台景观

一

楼台临苑是东篱，苏木乔生花似菊。
迎客秦来黄葩灿，见识粤府女金枝。

二

树树黄花灿若金，枝枝娇艳著头芬。
商邻笑语兴财兆，自坐楼台望菊吟。

三

苏木花何整月黄？笑颜不语私密藏。
细察荚果蓓蕾续，三世同枝花命长。

四

苏木疏疏枝叶修，黄花灿灿秀梢头。
霜寒不扰春花俏，南粤无冬好自悠。

五

苏木黄花簪顶头，紫荆翠葩妒枝愁。
群芳妖冶天然态，何事酸风醋雨稠？

六

楼台坐望霖中秋，深院青篱烟雨竹。
普眼幽篁文兴动，诗心景致爱吾庐。

七

无雪无霜广粤冬，不寒不燥海珠风。
青山碧水暖阳照，时见梅花透蜡红。

八

向阳高坐仰云天，俯视碧池花木园。
放眼环楼开望处，清江碧树系渔船。

九

春树枝头百雀鸣，碧池浅底鲤鱼红。
儿童乐戏草坪地，生聚十年小蓓英。

十

疏枝稀叶满丛红，淡水粗盆无怨声。
四季常花邻舍羡，愧羞不晓伊芳名。

十一

红颜三面孪生状，并蒂一花共艳香。
问讯远朋何所种？梅名三角谱群芳。

南国冬霖

毛毛细雨柔柔风，宛若丝竹粤曲声。
忽响钹锣鼓豆点，檐霖滴打芭蕉鸣。

大夫山访古

番禺山头觅史遗，湖光心境古榕须。
辩舌定粤赵佗变，陆贾大夫挽险局。

夜步口占

月望中空天宇高，星河云汉瀚光皎。
夜阑心漫苍穹境，人越时空鸟忘巢。

奉答弘兄养老诗

可逸江畔少寒风，苏木花前一老翁。
休论耄耋耆耇字，管他春夏与秋冬。

康梁书院感怀

万木草堂悠古榕，风雷岁月变诗声。
火山诡潜飓云诞，倒卷乾坤书箧中。
牵索公羊搏猛虎，假援孔圣伪常经。
奇门异化维新士，喋血戊戌梁栋焚。

咎康

周王革命命维新，数典何须欧日询？
变法无谋殇秀士，公车失驾康圣人。

万木草堂感诗

康府无梁难立天，梁文康墨撼摇山。
草堂神木多奇异，伪圣真贤师弟缘。

感谭嗣同绝句

一谭碧血九州魂，仰笑横刀泣鬼神。
豪剑奇才仁道著，维新敢死第一人。

再谒万木草堂

再拜草堂情愈浓，一杯浊酒酹西风。
维新变道筚蓝缕，今古通关草木庭。
三必才兼贤或圣，卅前尽阅传和经。
师徒同气粤中彦，或隐或扬刀笔红。

羊穗花妖广府四名号

广府帜幡稻穗黄，五羊符泰兆年光。
开张埠岸洋商贸，原始桑基鱼米塘。
天润群芳花市闹，网言多怪妖都祥。
名非名义难名理，羊穗花妖广炫扬。

郊外老基田寻迹

圩町残基访古田，桑蔗不见满蔬园。
颓塘污淖徒然在，踏破铁鞋难觅源。

答弘玄二兄和诗并进

若说弦内有琴声，弦去左弓何不鸣？
莫道音在弓子上，弓无玄妙乐失宫。

注：翻新宋人琴诗入弦义，奉酬二友莫自谦。

午梦醒口占三字十六韵

思相思　红豆红
南国雨　西北风

梅花信　鸿雁情
飞粤岭　梦秦中
家山故　乡音浓
古槐茂　子孙重
童发小　白鬓丛
称吾佬　问功名
乏善告　聊慰聆
苦舌笔　秦牛耕
书生气　无寸功
少衣锦　两袖空
羞归里　辱祖宗
恳父老　勿陌生
呼乳字　唤一声
潸然醒　红豆滢

答诗友

花开花谢两番景，诗咏诗歌一任情。
半哭半笑君莫怪，片文只字也由衷。

除夕夜数红豆

南国诗句吟红豆，年夜相思念念口。
长忆几多昔日义，抚惜粒粒难释手。

（仄韵）

无题

满头霜雪惊破镜，苦问红尘蹄几踪。
人在江湖才试剑，为何不假斩功名？

注：拗救例：破仄拗，蹄平救。如野火烧不尽，春风吹又生，不仄拗，吹平救之例。

广州四大城徽记

南国红豆几枝撷，亚运小蛮腰气邪。
三水珠门华虎啸，五羊衔穗向天阙。

花前三色雨

紫荆树下紫淅沥，霖洒青竹欲翠滴。
苏木黄花腾细霭，粤梅蜡雨报春即。

无题

紫荆鸿艳惊一瞥，苏木黄花兆万金。
黄卷青灯诗赋舍，绕膝碧玉雁张孙。

致云封柴扉君

明月峻峰牛背岭，秋霜鸿雁岳河梁。
云封柴扉家何在？红杏悄然出女墙。

天女织雨戏说

机丝细细杼唧唧，天水化云作雨织。
谁洒甘霖经网纬，银河巧女小牛妻。

读弘兄冬韵遐思

南洛甲天堪坐享，秦淮中界麓华阳。
寒凝无越初冬浅，冰冻不封三尺壤。
雪漫蓝关藏绿翠，柿红商於笑风霜。
候非酷朔北国地，诗韵温馨多暖腔。

复友咏春诗

桃红柳绿，梨白菜黄。
采花春晓，盈袖生香。

兰院青邻

摄影骑士，江湖小侠。
陆青院主，兰亭邻家。

致秦友

感君风雪送民炭，腊九绛坛桑果园。
后稷教种其事渺，农家道统现真传。

豆黍思

南国红豆泣，北地黍离靡。
红袖偷潸泪，青衿悲阙墟。
祈君撷粒种，天老地荒惜。
莫谓禾菽小，周唐绝唱骊。

种桃自赏

人面桃花万众怜，劝君但种几株观。
熟读唐宋千篇韵，何不自耕方寸田？

日中

日中为市尚新潮，熙攘往来忙菜肴。
向不躬亲柴米事，提篮无奈也时髦。

注：无题，试以句首二字当之，谬合古人例。

榕叟

城道古榕飘髯须，参天荫翳鸟禽栖。
欲知树叟几多寿，龙爪虬枝成树谜。

何氏留耕堂留诗

留耕堂殿古悠幽，沙碛水湾斯逝流。
何耀光泽七百载，播德种善粤珠洲。

粤蛙鸣春

惊蛰未启百虫静，可怪嘶春鼓噪声。
南粤物候多变异，鸭弗知暖蛙先鸣。

粤国山茶红

惊鸿一瞥顶丹红，欲火山茶情正浓。
春嫩晓寒风力软，绛猩色染粤春明。

茶花辨

茶树山茶别样花，同属异种不同家。
山茶状美宜观赏，茶树叶汤呷嫩芽。
入药树茶图本草，山茶花俏报春崖。
品茗绿叶嗜民众，诗赋山茶唐宋家。

山茶迎春

炎红如炬野山茶，雪地冰天赤火发。
烂漫登峰梅雪岭，捷足入户水仙家。
落英片片群芽继，绽蕾绵绵初夏花。
图鉴迎春芳卉谱，让先居后不骄夸。

野花

野有小花惜昧名，草根纤叶巧玲珑。
贫家碧玉世俗贱，无故蒙羞放浪声。

农运讲习所之大理

天下农夫遍天下，日出而作务桑麻。
红说红道大实话，谁种谁收当主家。

广府西关老民居

庭院深深深几许，老屋暮暮暮何如？
荔枝湾泮荷塘岸，江水老关遗古珠。

复诗弟

去腊水仙春报早，开年笺讯又琼瑶。
长安花月东风待，再访玉兰试问桃。

复弘兄诗

二月二节春象生，梦回曲江柳烟朦。
剃头洗脚仰天拜，善养心田祈雨龙。

先而后之

小儿离校喜争先，攀比谁家接在前。
爱仔阿爷行最早，放门众挤落旁栏。

复弘兄

年到人间张府先，家传油馃香洛南。
春节总有万千事，天地大欢舌味尖。

望春霖

一

岭南春夏雨霖天，淅淅沥沥惹心烦。
忽忆儿时农户院，立根棒槌祷龙怜。

二

暮春霾雾蔽天阳，霖雨如秋节气伤。
紫燕无踪巢寂寞，心忧保姆不来岗。

三

春至南国百卉妍，不时夜雨惹心烦。
难眠风啸雷声吼，红瘦绿肥英落残。

四

小字名根喜雨涟，不劳打草正堪眠。
老居南粤泽国地，水旺霖多嫌厌天。

无题

碧落黄泉空渺远，红尘落地系生缘。
野多百草鸟虫兽，世有万民智愚顽。
熙攘往来常动态，饱食终日众生天。
古今中外皆如是，莫要弹嫌莫自烦。

燕雁三首

一

小窗一角垒新泥，春燕归来浑未知。
静夜呢喃绵细语，清晨飞度蜜甜滋。
穿红梭绿越林苑，衔草叼虫劳不辞。
诗喻春风如利剪，翻飞箭尾纫绦丝。

二

小窗一角软泥新，紫燕归巢轻噤音。
清夜呢喃缱绻语，良辰方晓蜜缘婚。
穿红梭绿越林苑，衔草捕虫劳日勤。

莫谓春风裁细柳，箭身剪尾采天云。

三

人言为信大于天，鸿雁信禽任重山。
秋去春来准时至，口鸣足系传讯言。
边关危势宋军转，北海书哭苏武还。
今日新媒云数据，赋诗追远信息源。

复玄君盛邀好音秀画丁香图

诗笺花放满屏香，欲望两枝馨墨廊。
盍秀丁丁丹画树，好音玄韵绕雕梁。

回南天

回南何谓回南天？粤岭失阳碧落残。
万里红尘蔫萎象，百花春色敛妍颜。
雾霾隐隐藏疬瘴，漫壁家家卷水帘。
天亦有伤天亦恸，江淮梅雨也回然。

外一首

珠帘半透见晨光，春雨柔丝织外窗。
雾霾云霭高楼隐，苍天何故回南方？

注：回南天为广州等地高湿度不良天气。

可逸江畔偶得三首

一

阡陌畦狭路漫长，基田涸秽无蔬秧。
忽闻垄亩粤歌起，农嫂春锄唱曲扬。

二

路见方塘一鉴开，四边列阵垂钓台。
敢情忙季闲人少，三五渔人两狗徊。

三

郊村龌龊水滞流，颇似臭名龙须沟。
堤岸千家柴户掩，镇村九巷少人留。
深行隆响马达震，方见工坊栉比稠。
询问当年河谷地，直指小区万户侯。

观南浦古港

一

轻轨辚辚沿岸飘，千帆江树竞春潮。
粤关古港今何在？穿越时空访宋朝。

二

昔日夷舟如蚁舶，今朝游客逗群鸽。
天国开埠第一港，江曲古今小夜歌。

三

粤港开关风气先，小村篷舸通西天。
骄清自大锁国禁，黄埔万舶无外船。

广珠航埠

珠流西北东，向海汇羊城。
恋粤曲肠转，托言待信风。

感广府人喜黄花盈门

木末黄花一树高，傲园独宠早春娇。
桃红柳绿正当色，此处尚金黄领骚。

修稿

无聊修我无聊句，敝帚自珍心惬怡。
洗砚封笺情不忍，难抛不聿并隃麋。

野餐馈人麻花本事

游春备饯啥？糖恙喜麻花。
万紫千红野，此花灿若麻。
自食香且脆，堪比品酥芽。
馈享旁诧客，非花胜献花。

岭表觅春

常绿常花何所春？明前忽见满园新。
新芽新叶新枝嫩，方晓岭南春可寻。

广府城隍庙

是是非非尘世事，明明白白老青天。
休言善恶无人问，神道城隍冥法严。

广州新旧城标之变

一

三珠江水绕腰蛮，珠戏水兮腰舞翩。
广府今标腰眇美，五羊衔穗少游观。

二

神羊仙穗易高标，腰戏珠兮珠戏腰。
月要古今统好美，三珠江畔小蛮娆。

南粤夏来早

云暖风征北雁还，艳阳婉辞回南天。
翠新装饰常青树，蛙叫蛰鸣候物言。
荫壁藤萝望眼绿，苑篱黄雀绕花妍。
蕉窗渐浸蒸笼气，溽热疾催还故园。

夜宿人和镇

小城郊镇自其乐，粤菜排餐夜肆歌。
空港近乡留过客，一宿地陌遇人和。

还乡机场口占

一鞠热土暖怀心，陕语秦风迎故人。
漫道天涯芳草碧，总归泾渭故园亲。

致弘玄林诗兄

张王东壁陈，诗友三家村。
何必谦南北？化中六九人。

爷孙同盟

小小点心小嘴馋，阿娘不允阿爷传。
忽闻娘语忙吞咽，爷递水喝无事然。

忆少儿时事

一去姑村遥五里，小桥独木跌泥渠。
布囊礼事水漂尽，空手羞羞说谎虚。

春夏享嘎啦果有赞

嘎啦入口脆清声，美艳甜香负趣名。
嘉果良多何叹美？红颜反季一奇苹。

药铺

药铺柜亭熙攘忙，店谋财利客求康。
太平盛世乞长寿，此处而今丹术房。

无题

天下李桃故故栽，满园弟子梦游来。
感君书剑飘零苦，老泪横流襟袖怀。

再读《凤凰赞》有怀

凤与凰兮一体禽，不偏不倚守中音。
南国朱雀神灵鸟，浴火涅槃荆紫林。

怀念麟师

久违师表梦祥麟，既见恩师如遇椿。
伟岸如昔挺拔爽，健谈幽默故学人。

微信诗教门第语

古人题壁作行吟，今赋博屏门第群。

一椅一茗一微信，一言一教一诗云。
相呼相应相传语，相赞相酬相品文。
授受师生学学半，天涯共月莘莘林。

复友华阴老腔篇

慨慷如此腔，地老复天荒。
河岳相呼吼，周秦钟吕扬。

复弘兄

山醉时花人醉茗，艳阳小憩欲凉棚。
诗茶沽酒开怀饮，月季辞春夏季迎。

赞强秦兄

强秦七秩犹强虎，西北下山东南游。
后稷复生稼穑旺，虎头无愧化班酋。

即感

发华欺老上额头，梦遇小偷记忆丢。
眠少寓林晨步早，古槐相望两悠悠。

戏复某君虞美人词

虞氏姬美与儿郎，郎女花词隔杏墙。
漫道相逢恨时晚，斯文相伴永未央。

偶兴打油

诗作如同鸡娩蛋，腹中育化孕什仟。
时来接二连三下，不日便得一箧篮。

无题

家有蛾眉意不淫，某神此语笑煞人。
大言不惭客休怪，词意诗情美善真。

复弘友

一

庖厨刀舞美窈窕，斗酒吼拳惜老腰。
祝愿常开弥勒笑，敢同百叟比年高。

二

诗赞校风尚，传言师义长。

相逢代相拜，善者寿天康。

三

蝴蝶童子趣，双喜壮强时。
索尼锦楼里，乒乓虞美词。

无题

某公西奔瑶池梦，无雨无云望眼空。
自古人生缘本命，回车无奈复还东。

次韵弘兄知足诗

高擎盛世万民伞，天子何堪穷缕衫？
尔守太平也当站，知足莫愧养老钱。

闻讯即感

但问人伤否？休言马与厩。
仲尼询火事，仁爱语经究。

注：某兄报火灾讯，疾言楼损而不言人伤，失孔子“何不问马”之教。

复诗友

止戈为武雄，洒血振国声。
魂去归来兮，殇哉父老情。

和某友诗

衷情中断似难咏，前阙悲歌后笑声。
白发蹉跎谁过问？心音梅影向孤灯。

复某友海棠词

一树海棠香玉宇，五洲四海人爱之。
人别厅院春常在，无限东风花满枝。

无题

乏善可陈奈若何？满心荒草乱萧蓑。
一声长叹倒头睡，美梦黄粱诗酒歌。

诗无它

杂文匕首诗小刀，匕首敢向敌阵抛。
诗文弄掌何所事，阮籍块垒酒杯浇。

橘馋

疾忌饮食甜，望橘何忍馋？
琼浆糖果限，橘味甜饴酸。
形似金圆宝，珍藏玉瓣鲜。
欲尝心忌惮，把握掌中玩。

席梦思

休羡红楼白玉床，莫矜天阙榻温香。
仙宫豪第皆虚幻，席梦思觉舒美康。

柏梁体复诗友《诉衷情》词

诉衷情，情诉衷，衷情情衷诉情声。
习词如是持之恒，要盼宜修成于中。

忍俊不禁哂而思之

某有蹇驴不畏途，柳枝鞭打也轻柔。
典知马死道旁儿，千古笑谈贻世羞。

元旦名义创用及纠谬

元为头首旦晨天，西历开新日月年。
恺撒颁行传世用，功归耶圣不相干。

答谢学子

临屏倍喜思红豆，粒粒数得九十九。
长忆几多昔日事，念君拈豆不辞手。
（仄韵）

复诗友

少见好奇觉世怪，怪奇之树自心栽。
杞人荫下忧天倾，一叶目遮行影歪。

复瑶

天上新宫烯界王，秋花并放耀国光。
桂枝双鹊诗笺报，将进一樽华运长。

读《诗经》有感

陌上桑间采叶枝，青衿吉士意寻思。
读诗若遇罗敷女，郑卫之音莫外之。

半世忆

飓浪狂飙烈炎燃，乾坤颠倒地翻天。
不堪回首可堪忆，聊录农言话逝年。

辩秦乐击缶搏髀说

濮上斜阳乱，桑间野草缠。
厌之丧志调，宁事击搏弹。

惑释飞天本体义

哪方舞伎哪方仙，彩练长飘石窟间。
佛祖观音庄重态，伎飞岩洞若宫天。

借句喻东岳先生新哲说

桃花岁岁皆相似，人面年年大不同。
物与人生天演变，递偿代弱岳强东。

无题

流年如水逝斯川，骇浪惊涛何奈天。
灵佑中华圆梦境，沧桑正道过时关。

复友枇杷竹枝词

琵琶源本自胡中，闽粤枇杷南果琼。
莫贱竹枝词俚句，巴山蜀水古诗风。

观里约女排决赛情感

悬悬一念动身心，双手握出大汗淋。
何故老情脆如许？女排长系吾国魂。

致健儿里约归来

名落探花复苦练，莫羞囊少一两圆。
大英不落日何在？多块金牌岂补天。

观上弦月二首

一

弓弦弓月挂西天，非射星狼莫谬观。
无矢无镝无利箭，分明弯黛待睛圆。

二

一弓明月挂西天，宛若农家弯草镰。
唯愿历时无朔晦，挥刀除秽垦荒田。

月知

日地月三环绕动，时空天理运其中。
月夹日地晦新朔，地处月日间望明。
上上西西上弦象，东东下下下弦名。
月新朔晦全黑夜，望日光明十五隆。

赠某兽医教授

少诵元亨疗马集，壮谙司牧安骥经。
留英皇室兽医苑，修就攻毒破蛊功。

步韵友朋勉励诗

昧理无文失业专，穷途古井探波泉。
谬为黍稷著青史，诚恐诚惶心苦寒。

人面桃花小考

人面桃花何处寻？长安桃寨古柴门。
诗家崔护几官品，盛世唐都京兆尹。

偶感

梅兰竹菊君子品，杨柳杏桃美人心。
物与民胞同气理，休将草木劣优分。

无题致友

一

男儿堂堂七尺躯，不登高厦即尘泥。
铁肩家口亲缘系，何敢偷生苟且息。

二

疏柳春风声细细，暖鸭曲水乐嬉嬉。

桃夭红粉透春讯，醉步踏青无秽泥。

三

不知何去问何来？四野苍茫天地霾。
骛远好高终自惑，风吹草低马蹄开。

四

思绪翻归塞北雁，长空久望未央天。
关河漫漫扶摇路，无翼翔飞徒枉然。

五

循规蹈矩未成圆，无饵直钩垂钓竿。
百事难成终不悔，酬勤行道待苍天。

桃李成蹊实不同

桃李自蹊事可稽，红白二色性非一。
桃夭争艳访春讯，李素让先故步稽。

拗诗多重救例

打油氏姓讳弓长，不雅赫然流盛唐。
黑狗雪白演荒诞，惟缘本性多善良。

注：第一句：仄仄仄平仄——独平必救-拗3；第二句：平平平仄平——多平不论-拗1；第三句：平平仄平仄——准律句-拗2；第四句：仄仄平仄平——拗而孤平必救-拗4。

冬令

一诗梅讯报春红，雪地冰天唤暖风。
俨雅东君主时令，不经腊九不收冬。

注：拗而不救例，第三句为拗1而不救。

苏木与黄雀

苏木蕊花灿，枝头黄雀喧。
花蔫雀群散，木孕苏子欢。

注：拗救全例，四句分别为拗3、拗1、拗2、拗4。

修改某序稿

上下其刀庖手笑，大析八块组台抛。
颠三倒四复连缀，两笔五言牛自道。

无题和诗

大弦无弓，玄音希声。
陈田同义，田力男丁。
名嘉儿女，椿萱文宗。
勿云过誉，考之子平。

贺某君生日

受生八月十八秋，丹桂年年为寿酬。
可爱黄菊窈窈笑，香花耳语欲簪头。

无题

一

花飞花落断春魂，愁煞柴门蹇老人。
颓帚欲将家院扫，清明未至雨纷纷。

二

庄子名周字子休，梦蝶差比化蝶悠。
游心乘物好奇幻，亡妾鼓盆违道修。

初心窗愁念高楼

危乎高也耸云空，西北高楼负盛名。
遍走江湖长忆记，青松黉院诵书声。

有清两诗人之异

满有纳兰容若，藏出仓央嘉措。
前者为人专一，后则守己太过。
（仄韵）

教孙

惠施子建谢灵运，八斗五车傲古今。
玄道论才多海口，童蒙学子莫为真。

勉某伉俪

一

何故自哀胡不乐？劝翁高唱小儿歌。
人生易老老难老，白发龙钟奈若何！

二

落红带雨醉泥淖，飞燕穿林渡鹊桥。
洗尽铅华玉素面，观音莲座望春潮。

班徽

神奇化六九，至简太极图。
大美双鱼象，班徽天道酬。

道旁遇六甲妇

花谢枝劲叶肥长，仰观青果浓荫藏。
何须羞涩红颜赧，腆肚为国育儿郎。

十月一送寒衣

冬降气寒将，送衣孝子忙。
狼豺知祭兽，追远念冥乡。

答诗友

登堂入室门，修炼乃躬勤。
而立未学艺，古稀莫较真。

复友

过眼烟云无影踪，铅华洗尽韵白清。
莫谈五马长枪事，休悔过失且自容。

酬句+续句

行行重行行，吴山暮色青。
泓辞容乃大，琤韵金玉声。
花泪鸟惊语，洋泓曼妙琤 。
诗词性万变，行行且行行。

无题

高山流水，行云舒风。
相思别语，吴山鸟鸣。

弘赞

老愚十九兼三猛，洛虎出山雄步风。
一耿二直三爽朗，无粗有细智多星。

婉谢为群谈诗事

通财鬻货街头市，戏笑梨园避故籍。
屏上巷谈街议处，论诗布道不相宜。

仈韵复友

七秩可留宿，八十乡饮宴。
周秦古礼淳，年齿今时变。

无题

不堪回首眼云烟，雁过留声空叹天。
著述等身缘自矮，五车八斗废文言。

即时

清凉世界于何求？月令孟秋处暑头。
伏虎匿踪霜未降，佛传大法正时修。

注：佛学《正法念处经》以天王居清凉池为福地，世俗修之。

答客问

为诗何孟浪？恁性打油狂。
不守三年律，一春逾杏墙。

说文解命

命文从口令，会意六书名。
此口为天口，问谁敢不从！

写给小孙女的诗

一

接送小孙爷自豪，幼儿门院抢先潮。
拎包携手趱催走，一路舞足一路谣。

二

纤纤十指线绞绞，一遍无须爷再教。
翻手为云覆手雨，幻如蛛网眼花缭。

三

孙女上学爷也学，送接两大必修科。
朝迎红日莫迟到，暮立春风伴乐歌。

四

非洲金菊太阳花，娇艳两枝玻罐插。
波漾红鱼翔浅底，孙儿风景写生画。

五

黄雀红花古巷美，谁家小鸟展姿飞。
孙前爷后紧追步，气喘蹒跚不胜随。

复友人诗

新作笔尖似转锋，书香墨爨展诗屏。
敢情日久成佳酿，幸惠老兄一小盅。

酬诗弟

潸泪何如恸赋弦？伊歌哀婉楚心酸。
辛德勒魄化灵句，一纸名单玄律传。

无题

长夜梦思思未央，高山流水水何伤？
秦楼古瑟悲复怨，悲怨更比伤水长。

次韵某友勉励诗

昧理无文失业专，穷途古井探新泉。
谬为黍稷著青史，诚恐诚惶甘苦寒。

观弈秋课徒图有感

一

弈秋课爱志一徒，旁骛鸿鹄未必愁。
横纵黑白搏天地，大鹏展翅出枰畴。

二

笃志乖徒情可商，低头未必知棋方。
痴心若昧鸿鹄志，何成国手弈秋王？

三

经文原本口舌战，告子发难孟侃谈。
亚圣大言长论辩，观棋不语两面观。

复友词

乌莫鸣，
乌莫鸣。
王道篱藩怎出笼？
悲兮吞泣声！

乌长鸣，
乌长鸣。

杜鹃长歌绕蜀城，
哀哉啼血红！

三更吟

老来少觉眠，夜半枕失安。
轻步踱书室，无声吟句篇。

复诗君

梅开三度红，岁岁醉春风。
诗酒四村友，且吟且乐行。

感赠学忠兄

静若闲云淡若恬，五台山麓化农禅。
负经回马梓桑地，一树菩提万亩园。

偶感

杂文匕首律诗刀，网语有德勿乱抛。
花丐打油莲子落，宜修要眇韵文骚。

农哥化渔翁

熊腰虎背千斤膂，出水且观两腿泥。
昨转壮田三亩半，今开渔业立塘堤。

夜读偶感

国梦未央世梦惊，恢恢英特笼天穹。
虚云计算泛云海，大数据集巨数峰。
丸弹球村俱冷热，乾坤珍袖并时空。
观书刮目春秋义，正道沧桑向大同。

梅非梅

春非春兮非春讯，雨霏雨兮霏雨霖。
果美果兮美果味，月梅月兮梅月辰。

注：农历四月为梅月，乃果梅，而非花梅，与寒腊物候大相异类也。

乙未年祝辞

岁交乙未，草盛羊遂。
吉祥开泰，阖府春晖。

岁象辞

乙未兆吉岁，草萌羊后遂。
乙芽挺沃土，未美食甘肥。
三道阳开泰，万新国梦回。
流年祥瑞运，阖府沐春晖。

致东邻君

东邻弦瑟舍琴弓，半似金音半玉声。
阅尽子平十卷术，虚词玄道非常名。

读友朋咏花诗

东邻弦瑟度春芳，梅伴玉兰诗伴香。
曲奏秦风秋水碧，蒹葭宛若画中央。

《格律诗之渔》发门第以勉之

君辞熊掌嗜言鲵，今送直钩姜子师。
明日蓑笠垂渭岸，暮归满篓盛唐诗。

红豆诗别解

豆凝红泪不轻弹，化作相思藏粒间。
久厌南国荒野地，愿君纳采嫁中原。

复弘音

世有高人难遇期，休将老朽谬称之。
岁行诗运上苍佑，吾子自缘格律诗。

无题

飓浪狂飙赤火燃，乾坤颠倒地翻天。
不堪回首史堪记，一纸农言忆往年。

微信课弟子语

古人题壁作行吟，今课微屏门第群。
一椅一茗一信语，一言一教一诗云。
群呼群应群传谊，相赞相酬相品文。
授受师生学学半，天涯共月莘莘林。

读网文感诗二首

一

二虎相争欲如何？莫谈国事论哲科。
何须天下巧舌士，两败俱伤熊笑歌。

二

修昔底德论陷阱，古哲新进未中庸。
高人智创双赢论，共命环球求大同。

修经四字

十三经线通古今，万纬横联天地人。
藏修息游相互辅，国学心法四焉箴。

中庸之道

人心惟危，道心惟微。
惟精惟一，允执厥中。
借上四句，见庸用更。
不偏不倚，略参朱程。

答诗友

花开花谢两常景，诗咏诗歌一任情。
半哭半笑君莫怪，言辞文字也由衷。

复弘兄

山醉野花人醉茗，艳阳小憩欲凉棚。
诗茶词酒开怀饮，月季谢春孟夏迎。

复弘赞秦答两友

强秦七秩犹强虎，西北下山江左游。
舜稷复生稼穑幸，虎头无愧化班酋。

惠呷茗品复良雯君

花荫木末隐名家，欲见君心一字茶。
虎跑甘泉龙井露，遥香滋味义尤嘉。

无题

一

无聊修我无聊句，孤赏菱花心自怡。
洗砚封笺情不忍，难抛不聿并険麋。

二

欲睡不能觉寤寐，长歌夤夜犬鸡嘶。
耄耋耆耇诸君至，梦魇得将四老识。

贺年片

日新元旦，岁元新年。
开门见禧，贤契吉安。

观元旦国宴歌舞视频

寒腊红梅载舞翩，庙堂高宴贺新元。
神州春动欢歌起，雪夜万家话瑞年。

和音

洒泪黄花祭，蓼莪哀恸诗。
嘤鸣寒露树，啾语共相知。

答某诗友

去岁梅词今岁诗，赏怜美意料梅知。
惜春偏爱报春讯，梅颂可期集颂辞。

观赛马

奔马疾鞭出弓箭，赌家咒慢唤超前。
武文之道通情理，博彩预言总在先。

《中庸》心得

字庸会意用庚析，执用两端中变之。
不倚不偏非本义，中和诚正近哲思。

莺好音

莺韵好音曲婉声，黄鹂杜甫美其名。
不察人误风花鸟，兹正禽中百雀灵。

花鸟同名称杜鹃

时候鸟鸣春夏间，杜鹃花盛艳阳天。
喙红啼血传说事，花鸟同名非命关。

雁传书辩

大雁传书似谬荒，信鸽之类道情常。
一封苏武诓胡语，寄望飞鸿空断肠。

释艺——题林院艺术系

艺源栽种，甲文原形。
右为双手，左见苗青。
后下加土，上赘草生。
蛇足添首，本义莫名。

题赠人文院

人以为本
文以载道
人文微言
治院四要

注：首联两句为训辞；下联释两句人、文、人文、文人，共四要义也。

西安音乐学院训

大学有道明德论
乐记善音教化和
教化明德经典语
乐音至善训而歌

注：为西安音乐学院拟校训，“明德教化，乐音至善”。

题畜牧院训并诗释

畜德以自牧
富饶天下农
德牧易经语
富言班马铭

注：畜牧院训题为：“畜德自牧，富饶天下。”自牧见《易经》，蓄德见曾国藩书语；畜牧为天下饶，并见于司马迁《史记》、班固《汉书》文。

题赠水建学院

祖述大禹圣迹
师法仪祉宏图
水利农业命脉
润泽人类通途

注：前二句，宜为院训。

题西农马列学院训词

祖述马列宗
特色大道行
上句孔丘典
下文礼记铭

题西农新兴草业学院训辞

草创大业
绿美中华
新院宏愿
自成一家

酬诗君释冬字

三点水，
两点冰，
夂字古文终。
天降雪，
地结冰，
冬日四时终。

◎乐游（游历旅次诗笺）

赣中行

飞车驰道驿亭风，万木霜天下赣中。
庐岳远迎江口岸，天仙近指五老峰。
英城义馆开军史，巍俊滕阁秀地灵。
晓起晚来村色美，文华菊畹垄中情。

注：此游为赣中名士陈文华教授盛邀，赴婺源晓起村菊苑游学。六年后先生传道北国塞上，心脑急疾发作不幸辞世。先生与我有恩义，诗末铭心永念！

西安旅兰州途中

马萧声起车辚辚，秋送金风伴旅人。
穿越陈仓西阪道，洗尘天水玉金盆。
武山甘谷茶蘼稔，陇右定西村舍新。
临望崦嵫行匆迫，金城古月待师亲。

兰州水车园观感

一

蟠龙汲水布高天，滋润化泽云界间。
非灌瑶池桃寿果，怜浇陇右亢农田。
巨轮高转银河泄，魃旱平息百姓安。
逝水如斯戽斗转，旅游博览大奇观。

二

巍危威伟绕天循，毂架筒槽榫构轮。
能巧马钧集汉巧，创新段续造明新。
高崖低谷提流灌，陇阪旱乡富庶村。
休道金城无胜景，清诗明赋颂霄云。

兰州地缘象

一龙戏二山，北塔南皋兰。
塔峻阳高树，泉幽阴秀潭。
北爻天地泰，南卦陆间连。
上古大荒域，金城多异传。

张掖丹霞地貌观六首

一

山染丹青石彩画，赤橙黄绿万千霞。
难从岩变科学论，敢信鬼神妙笔花。

二

胭脂书载若何山？奚叹奴娘无色颜。
霞客驴游行匆迫，祁连深处丹霞观。

三

昆仑阿母瑶池宴，秦穆春风八骏欢。
云雨梦晴七彩耀，羁缰驻马万霞山。

四

祁连古谬昆仑巅，山海荒经奇怪传。
唯美丹霞多倩丽，逍遥伊甸亚洲园。

五

焉支原本位山丹，失地匈奴重泪弹。
屈子謦鸣行匆迫，鹈鴂未泣鸣在先。

六

西天王母粉桃萌，周穆舍生驱采萍。
云雨瑶池仙讳事，凿空丝路亚欧通。

嘉峪关怀古

祁黑山水隘墙间，锁钥中开嘉峪关。
威震走廊雄大漠，德服文化塞城边。
堠燧墩堡残荒野，铁马金戈越古年。
醉卧黄沙活塑像，将军酒气煞西天。

张掖城游吟四首

一

半城芦苇半城塔，一朵河西今古花。
乃野斯文双璧翠，万方辐辏赏奇葩。

二

黑山黑水黑泽海，甘味甘俗甘美风。
农牧商民共业地，月氏胡汉轮霸中。

三

匈奴不灭以何家？统帅三军去病娃。
踏破祁连千里雪，封狼居胥汗青华。

四

张掖阻隔断右臂，连环三策锁大局。
匈羌失顾交西域，丝路永通欧亚宜。

游秦淮河感发四惑

一

碧水长流空入江，花舟载酒不通航。
十朝都会夭殇命，今日何来风月光？

二

孔庙坐怀青舍间，圣人守望秦淮船。
商街熙攘客如蚁，如是金陵第一观？

三

贡院才人秦淮娘，斯文伎艺两相伤。
谁贼教化隳城制，盗弄岂非举子郎？

四

柳暗码头曲径幽，游人错爱香君楼。
兴亡原本刀兵事，桃扇何能乱春秋？

太湖渔校清晨

小楼一统半山居，环水曲廊饶雅趣。
晨雨新过岚雾迷，倚栏晓听吴鸟语。

（仄韵）

游普陀山有感

舟山碎屿名何显？蹈海登临知晓然。
水陆沉浮沧桑变，观音信仰普陀山。

游访上海明朝大境阁

宋元镇县有明墙，大境城砖逸古香。
开埠原基商海口，休传黄浦小渔庄。

游上海黄浦港

琼楼林立碧江深，十里码头泊万轮。
访沪莫轻黄浦岸，百年埠史港中寻。

乘远洋轮苏州号航游

苏州名号自风韵，精巧玲珑吴匠心。
雅阁芸轩如水榭，玻窗吞海共天云。

游日本内外海风浪起落情景

航行外海骤风波，涌浪滔天箕舰簸。
心晕身飘腹呕翻，浪平内海复怡乐。
（仄韵）

海洋色彩辨

瀚海汪洋何色相？说蓝称绿道金黄。
天生水色本无异，云蔽日出变海光。

游浅草寺有感

寺名浅草木青青，淡淡香烟细细风。
商市重围佛不忌，雷门高挂松下灯。

游富士山见白雪领巾

山崇富贵士绅尊，羡煞古今游旅人。
渡海登峰雾中望，飘然佳丽系白巾。

游日本芦之湖感

芦之湖畔草蒲青，湖水碧蓝戏客行，
游罢怅然缺景趣，芦花不遇季节风。

游日本忍野八海

忍野八湖如玉盘，斯文淡镜鉴蓝天。
晚来坊肆霓虹耀，乡野湖光见海观。

上海崇明岛游思

崇美明洁似玉蚕，吞沙修体逾千年。
吐田岁亩百余计，演绎沧桑大景观。

崇明新村居

岛乡行道多槐柳，农户渔家院小楼。
半月鱼塘聚瑞气，绿竹幽蔽灶香流。

初夏崇明景

芒种岛洲农倍忙，菜花离垅麦苗黄。
稻田待秧明如镜，倒影水乡阡陌光。

游崇明西沙湿地园

湿地明湖芦苇房，观潮听浪望鸥翔。
客心游化生态地，如画入诗酣梦乡。

访游黑龙江

霜天十月走龙江，金野雄边寥廓疆。
就简删繁秋令树，枫桦屋寨醉斜阳。

瑷珲困惑

边城耻地草荒集，十万风铃神鬼戚。
失地契约印血在，丧权勘界与谁啼？

马嵬坡访古吟十首

一

兹无山阿小村坡，晋将马嵬筑邑郭。
古道西风黄土漫，唐妃喋血史传说。

二

草木孤坟小园景，半隆青冢自玲珑。
游人相语溢香味，敢是贵妃芳有灵。

三

渔阳鼙鼓震河岳，兵变马嵬惊世觉。
杨李倾国风孽债，诗文骚客至今嗟。

四

征文引献访乡农，哗变六军何驻营？
五尺白绫溅红泪，钿遗香骨考无踪。

五

祸女误国世愤多，纷纭天子惑妖娥。
乾坤朗朗新时纪，谁信夫纲老调说。

六

莫道贵妃替罪羊，女人孽事女人当。
淫逸骄奢升鸡犬，乱行激变自咎殃。

七

漫论杨花结李果，春来秋去岁时则。
千年帝制中唐变，极盛而衰马嵬坡。

八

莫美爱情歌李杨，鸳盟切勿道妃皇。
民间何少金石恋，羞煞儿媳嫁翁郎。

九

诡道太真出海天，东瀛生化成神仙。
劝君少作假言术，自惑欺人误少年。

十

诗传马嵬数百篇，长恨常歌白乐天。
女祸倾国男鬼话，死生恋梦戏文言。
红颜多误妄玩政，伴虎虽殇非榻边。
自美无关朝庙事，贵妃何死野坡前。

马嵬草

一

春风墙柳外，不拂杏红台。
瑟瑟茔头草，声声寒露哀。

二

蜀道陈仓阿，鬼山马嵬坡。
秋风哀细草，绝唱长恨歌。

游马嵬驿新景点

马嵬驿名幽古情，神工鬼斧造游行。
荒沟崖畔化山镇，栈铺次鳞兴肆隆。
小吃零食陕名品，秦俗豪放渭泾风。
舌尖传绕色香味，不见贵妃马嵬亭。

旅美初感

乡路不容步，野田无水牛。
路车疾箭矢，草地划鸿沟。
秀景徒虚美，尚私或过头。
美人何吝啬？寓客掩门休。

应美友人凯瑞夫妇雅嘱赋诗两首

小引

阿山阿水婀娜景，美镇美村美友情。
芳草天涯迎远客，牧歌田野向诗鸣。

一

美哉谢镇田园景，三月春花迎客红。
牧马欢腾如乐舞，林禽群咏似歌鸣。
镇村落落姿别致，乡墅亭亭流韵风。
客入阿巴契亚境，梦回武陵桃源行。

二

凯墅高坡芳草坪，朝阳向善沐耶风。
七亲相聚四国裔，五犊同怀一乳情。
好客赏听爵士乐，盛情品味美肴丰。
拜别回首肃然敬，瑞室长明圣母灯。

美史小诗

五月花航九死生，基督架下誓新盟。
血喋东土星旗灿，拓辟西疆国脉通。
热战两番独大运，冷争一举霸王名。
今羞美佬駩天下，世唤憨叔山姆风。

贺表亲钻石婚六十禧典

周林凰凤翼西风，华府梧桐巢暖棚。
芳草海涯交叶蔓，雁鸿天际寄家声。
鸳行随唱沧桑路，乌哺知恩羽翼丰。
亲旅波托马克畔，仰之高树作嘤鸣。

葛庄草木虫鸟话别诗语

寒春暑夏弹指间，天物惜别非等闲。
门树依依风哽语，牧栏道道车行难。
牵衣藤蔓欲随步，绕院鸟虫呢泣喃。
莫谓桃池千尺水，何及草木意绵绵？

旅美小结诗

归去来兮梦已还，屈指乐道半年天。
观花走马东西岸，驻旅寄篱农牧园。
交际远朋缘派对，觉知风雅见颐颜。
小孙系履女为杖，美梦神游武陵源。

莫斯科郊外夜宿伤感

郊晚莫斯科，相思小夜歌。
曲终苏乐散，清唱奈谁何？

圣彼得堡忆俄霸史

波罗的海鱼龙化，大帝彼得辟域涯。
艋舰洋师行海盗，斧斤火炮远杀伐。
女王叶卡凿黑里，熊霸沙皇世显达。
冬夏两宫今络绎，纷纭功罪话俄家。

北欧四美旦

芬兰·浴美人

芬香兰义艳芳名，波海瑶池沐秀灵。
冰火美人出浴炫，环球热浪桑拿风。

瑞典·和美人

典雅瑞祥淑女范，守身如玉不盟鸳。
伴狼偎虎和平舞，柔断蛮腰弗怨天。

挪威·娆美人

山妖丑怪系国魂，百变娇娆山鬼身。
乘雾豹兮披薜荔，峡湾瀑帐戏游宾。

丹麦·鱼美人

童话之国非谬妄，美人鱼尾也兴邦。
海门塑立伊儿像，游客如云丹麦芳。

咸阳机场默思

一

寒晓孟春登古原，野无离草绿盈天。
从来游旅景观异，难觅荣枯居易言。

二

航楼玻壁势凌空，闲望银鹰起落坪。
如蚁人车三两两，何见春草吹复生。

经华山麓得句

岳华险峻奇天下，古道咫宽诱客爬。
太上老君犁壁路，退之文曲弃书崖。
莲灯救母神人恋，宋祖输棋大赌家。
可怪陈抟天岸马，长眠梦悟易中花。

途经函谷关即感

崤函故事淆非明，夜半悚闻厉鬼声。
老聃信陵有否事，雄关自古惹兵戎。

平顶山怀古论楚

黄土冠头山顶平，富藏铜铁古金名。
楚强得炼吴钩艺，十颈九头功败成。

汕头游

一

潮汕水城何所在？天涯海角又蓬莱。
岭南邹鲁名邦邑，万众望洋妈祖台。

二

汕头汕尾意如何？唯见水仙舞态娑。
原本蓬莱山海境，南国稗史化渔歌。

三

南澳岛花愧不识，艳红朵朵满青枝。
琼崖翠畔笑迎客，夷美芳名何尽知！

四

悠井思源思宋殇，亡国幼主泪泉汪。
今人好赞赵家世，澳岛儿皇哭下场。

潮州游

一

小城珍袖有归藏，座座牌楼十字廊。
文曲退之文化进，石坊林立著名邦。

二

韩江阔静逝斯景，潮邑摩托若涌蜂。
小巷大街狂奔过，走投无路唤文公。

访韩愈潮州史迹

蓝关横雪动车快，秦客踏踪访古才。
一奏轻佛天子怒，八千瘴路义臣哀。
荒州数月弹指瞬，苦海黎民俎豆斋。
山江草木易韩姓，文曲星照潮运来。

两谒韩文公祠感

一

道循孔孟继儒统，文起八朝衰复兴。
启后承前华夏业，斯人堪比舜尧功。

二

贬潮八月也匆匆，凭计难图谪业功。
唯是文光滨海照，千秋邑史耀寒星。

潮州古桥景观

韩江水阔逝斯焉，湘子桥头潮大观。
十二楼亭迎又送，十八舟索路兼船。
墩石梁柱千钧巨，标帜郭旗八百翩。
天下古桥名列四，若虹飞架海涯天。

潮州桥双名传说

一桥两号名堪疑，僧道共襄故事奇。
湘子点石化乌豕，功亏半篑梭舟弥。
佛家广济变羊犇，百里咫途杖索齐。
仙释赐福潮水渡，韩湘广济并称宜。

丙申陕北纪游

一

辚辚萧萧北车行，载载悠悠画景屏。
万壑千山黄土沃，翠林绿草饰新荣。
昔年戏驾尘龙往，今日沐春栉谷风。
心驰神怡不自禁，师生嘉会古州城。

二

天下名州秦汉疆，摩崖万丈字昭彰。
嬴殇上郡大悲剧，墓葬苏蒙守落阳。
宋将世忠砭上子，横刀跃马抗金刚。
和亲鸾辇路边骨，夷夏交关史画廊。

三

疏属山顶扶苏塚，衰草凄崖朔北风。
逆耳焚坑遭塞贬，沙丘阴暴夺魂终。
英明当晓诏遗诡，危势盍结文武盟。
阉豕丧邦诚史谬，秦殇公子失机灵。

疏属山

疏属山列海山经，千古大荒创舆名。
遍阅典籍万卷字，绥德开化第一声。

感学子馈赠石雕画酬诗

美画玉琢学子心，三年桃李蔚然林。
千红万紫满园果，石板开花永著春。

绥德呜咽泉思古

呜咽泉畔哀而怨，哀怨储君何殉冤？
亥阉伪诏小儿计，众人共仰公子贤。
倾国大将唯斯命，挥剑兴师乏誓言。
苦水一潭为世鉴，秦殇十五史忽焉。

学子馈衣借成语拜嘉

服以拜嘉何所义？贤契裳馈亲服之。
青衫试著满堂彩，揖袖搭躬师范姿。

读《宋史·韩世忠传》

硁上韩家泼五猛，鞭服烈马挽强弓。
闯营独骑斩酋首，樽俎握折酋指疼。
大战兀术黄天荡，抗金破夏青史名。
敢为武穆鸣冤辩，教子遗言不讳忠。

游三沙河新景区有感

沙沙沙涧河洲景，天巧神工肆井风。
百点面食秦味爨，千门户院陕乡情。
北国湖堰江南像，画艇游舫水中行。
供给侧经济世策，穷沟旅客车如龙。

南京声名诂

石头城下仰天京，风雨苍黄势峻嵘。
雄踞劲盘龙虎镇，池汤天险扬子屏。
金陵王气斗牛见，牧马秦淮秣陵名。
六祚古都朱蒋续，江南天野第一星。

注：颈联大意，传说金陵有王气，秦始皇南巡镇之，更名为秣陵牧马地，凿泄藏龙浦为秦淮河。

卅年再谒高邮王氏故居

仰之复谒贤，烟雨梅子天。
当户新广场，迎风老铁幡。
青竹兰桂茂，古木差参繁。
院落崇高像，游宾肃穆观。

父执书卷论，子继朴学言。
芸室藏籍册，兰台积墨翰。
因声求义训，稽古通今诠。
怀祖疏广雅，引之虚字源。
为学旷今世，做吏撼相官。
同奏和珅讼，并除新帝难。
扬州学术盛，领袖高邮瞻。
四海齐崇敬，王氏两座山。

高邮游悟邮史

同轨同文邮业兴，秦一鱼雁驿马行。
火车飞运汽车继，今日互联网络通。

游扬州个园

个里巧藏九畹田，半枚竹叶四时园。
黄白青色奇石异，海市蜃楼东海盐。

注：个园以半竹名，并奇石凌楼共三色，盐商别业也。

游天目湖遇暴雨未果

效颦西子水泽库，天目男山藏女湖。
洪涨雨游化汤饼，渔家雅品鲤脍鲈。

徐州九里山前吊古战场

九里山尘逐鹿扬，血凝草木赤崖岗。
千年百战撼戎史，乌水泗淮鉴胜亡。
项羽彭城奇虎袭，刘邦垓下定乾纲。
开国淮海红白弈，小米步枪过大江。

徐州九里山西望秦陕之幽思

楚虽三户，亡秦必楚。
楚汉相争，汉楚统属。
秦祚夭殇，汉称千古。
道短说长，楚秦孰虎？
（仄韵）

徐州龟山楚王墓

千岁王八万年鳖，楚王龟卜龟山穴。
洞崖空壳冥泉府，十万石工血汗竭。

徐州卷饼苏轼称佳人臂噱句

粉白薄若佳人臂，翡翠玉珠嵌入肌。
秀色可餐西楚卷，东坡夜啖梦如饴。

游项羽秋风戏马台

拔山盖世霸王慨，雄鬼人杰词女怀。
九里山岗双韵和，长歌戏马秋风台。

注：台前默李清照句不禁肃然。

游览浦口下关江岸复旧景观

浦口下关江北南，木帆一水渡千年。
虹桥高架非昔比，侧畔沉舟游史观。

六谒中山陵

谒拜庄严再而再，中山陵寝来复来。
人生朝祚自为念，本命民国四岁孩。

淳化芳草园晨雨感诗

半百亩园圃草芳，谁家别业领风光。
翠花碧树玲珑苑，瓜架豆棚庄户墙。
农器家什博古物，耕读化教展书藏。
忽然久旱甘霖雨，主道贵宾降天祥。

旬邑豳风访古游

一

一山两谷豕夹川，豳土天然耕牧塬。
戎鬼牛羊狄野马，公刘迁北辟桑田。
阴阳相地划疆埸，禾稻饶植蔬果园。
教化淳俗经九世，周族史列雅风篇。

二

公刘迁北于何方？旬邑郴州争短长。
两县毗邻无彼此，旬彬上古共周疆。

三

马栏名历古失传，秦汉隋唐军马原。
近世西秦烽火起，红鬃秦马跃栅栏。

参观马栏革命史展馆

云淡风轻旗帜幡，崇碑博览马红栏。
高塬川谷谁为主？庄户长矛枪代言。
党府云集飚暴雨，铁锤镰刃换新天。
彬旬古本周豳地，革命维新史脉传。

注：古籍云，周王革命，顺乎天应乎人；周虽旧邦，其命维新。

旬邑石门关

两山狭峙石门隘，子午桥陵龙脉来。
群峰翠微云彩绕，鸷鹰旋转复周徊。
直道千秋通壑嶄，秦兵卅万镇狄霾。
扶苏墓庙关崖立，魂守长城烽火台。

芳园菜圃

芳草园中青菜畦，百蔬叶果夏宜时。
高棚葫蔓瓜瓞累，连架长藤荚豆实。
茄紫辣红芹韭绿，叶肥粒满翠清滋。
自撷自啖自滋味，亦赏亦游亦赞诗。

观赏剪花娘子库淑兰剪艺展

一

三寸金莲一巧剪，尖尖铰指舞蹁跹。
红图有韵毕加索，谣谚为诗豳古源。
小脚风行海内外，大师传艺雅俗咸。
今观画展意难尽，明谒花娘当再三。

二

幽渺豳风何所寻？剪花娘子指迷津。
公刘七月纸屏现，古土乡俗谣语吟。
亦幻亦真空洞树，大红大绿美人群。
画中有梦蕴诗味，传续豳风花剪神。

旬邑唐家大院观感

一

谷涧生兰蕙，山乡碧玉颜。
青春闭绿翠，迟暮倚阑珊。
素面自风韵，徐娘半老年。
豳风新景象，唐院盛游观。

二

农本商兴三水唐，富居渭北藏穷荒。
乾隆千叟皇宫宴，万贯家身惊世光。

曲迁立周

东避夏邦西避狄，邰迁豳北再迁岐。
曲行仁让修周礼，国立丰镐奠祚基。

彬县侍郎湖记游

沧海桑田谁眼见，谷陵之变此游观。
关中地震明籍记，堰塞湖泊史鉴焉。

彬县大佛寺游记

释教西来入陕中，丝绸要道会豳风。
大尊六丈坐莲寺，菩萨千身奉龛穹。
唐女丰腴观音面，信男入画泾士容。
欲知渭北文明史，读罢诗经念佛经。

谒拜公刘墓

水绕公刘古墓陵，高山仰止势蟠龙。
筚蓝狄野辟荒莽，稼穑北豳兴亩耕。
后稷三传承祖业，国风十五列豳名。
泾流日夜吟诗颂，华夏史铭周纪功。

避暑豳风林

从周不去首阳山，鄗汉远离四皓岩。
梦绕公刘兴业地，避时消暑北豳原。

公刘墓泾河南岸公主丘传说

一泓泉涧祭亲酒，两捧土包化冢愁。
姊妹孝行为世范，泾南长望女儿丘。

彬县程家川记游

不名经传古神川，字见水出谷地间。
帝脉斩截泾改道，独堆残壁半珠山。
九龙空戏群峦舞，八卦葫芦湖色蓝。
富甲四方天帝佑，若非仙境亦桃源。

彬县游返西安途中

奔居豳北都豳邑，周祖公刘开业基。
筚路重温启林缕，沮漆渡渭见经籍。

腾冲八日游

蜀身毒道腾要冲，秦月汉边哀牢名。
邛杖丝绵转印域，滇商茶马缅邻通。
蔚然翡翠润温玉，诱尔罂花烟瘾风。
二战国殇忠魂壮，涅槃盛世凤火生。

和顺玉镇

山峦半月农坝坪，峪水中流财旺兴。
翡翠栉鳞街巷肆，琼瑶满目琳琅城。
赌石天价撞鸿运，惠客低廉淘宝风。
和气生金商运道，边城小镇传大名。

外一首

半农半厂半渔樵，亦贾亦儒亦外侨。
书画中堂家祖训，楹联门第见风高。

蕉园题壁

雨落芭蕉溪水流，庄园雅第古村头。
楼阁雕栋巢梁燕，亭榭花庭池鲤游。
茶马夷方驿故栈，诗书遗滇教风悠。
老游秦客惜归去，温梦来年菊月秋。

注：丙申九月旅次腾冲蕉园山庄题壁。

雷打树下祭寸翁

抗倭儿殇晋豫山，绝餐父死滇家园。
霹雳树下惊魂魄，老抱残桩雷咒天。

注：抗日名将寸性奇父亲88岁高龄，眼见国土沦陷，恨年事已高，无力报国，遂坐被雷电击断之千年古杉下，含恨绝食而亡，壮怀激烈！

双虹桥秘事

桥倒碑隳桥自修，双虹映水逝斯流。
无银此地三百两，碑下乾坤桥上头。

腾冲寸玉传奇

一

寸有所长不让仞，玉无善价可连城。
边陲绅士拜朝吏，翡翠国中王者风。

二

寸居腕后命之门，玉字似王一点分。
天野极荒多奇异，腾冲诞降寸玉人。

三

鸿胪教授通夷语，告老浚渠益众黎。
虹贯双津和顺景，桥头老叟话今夕。

一树台

古树柯参天，月台荫栈前。
卜家风水地，字号自名焉。

祭远征军亡灵

腾冲西望泪潸然，不禁热林野人山。
长唤英魂何处荡？国强奉尔入乡关。

呜呼国殇园

小团坡冢九千军，墓阵列碑铁血魂。
巷战腾冲驱倭寇，国殇叠水壮悲音。

浣衣亭

清溪石板洗衣亭，避晒烈阳遮雨风。
怜爱家妻帮夫意，马铃遥念杵砧声。

赌石

玉出缅甸万重山，辗转腾冲寸步难。
豪赌玩石失物与，输赢成败命由天。

大马帮

南走夷方北藏羌，玉石茶马往来常。
大锅头领群驮伴，铃响山间滇大王。

夷而侨

穷走夷方急下缅，赌石攻玉地登天。
腰缠万贯归根柢，腾越侨乡滇省南。

热海腾冲

火山浴谷奇观景，大滚锅开水火融。
热气冲天腾细浪，一泓热海见腾冲。

腾冲大滚锅

大滚锅开溢满溪，热流涌动沸腾澌。
焖瓜煮蛋快餐饭，汤浴天下第一池。

腾冲湿地游

绿山环抱草隰甸，沼淖曲流绕坝滩。
霜染橘黄秋色景，蓝空云淡自天然。
野鸭湖浅水禽戏，游渡舟横少客闲。
蒲苇结筏篙橹荡，登高俯视观滇原。

晚明永历帝饥食腾冲饵块事

饵丝大救驾，永历走边卡。
勉饱帝王饥，难活明天下。

注：明帝流亡滇边，饥食饵丝，慨之：真乃大救驾也！

诗抱天柱山——安庆记游

序

擎天之柱位何方？大隐皖山绝世藏。
汉武礼登南岳立，隋文诏令改衡阳。
灵高名潜道禅祀，峻秀斯文儒墨香。
梦醒复归神圣境，万国游旅仰天光。

皖

从白从完义亦声，日出日落昼时空。
白纯白皙无瑕疵，完美完全德有成。
封地封国周境域，天山天柱潜为名。
自灰自贬绳徽缚，皖治皖兴邦政明。

皖公

潜古鸿蒙肇皖公，封国百里柱天中。
大夫监霸行周礼，仁政慈悲传世名。

潜山

字形半水称名山，亦水亦山亦县天。
自古兼三互称道，竟然莫辩先后源。

天柱山

天柱疑其有，仰观山兀突。
共工一怒触，维皖孤立独。
崖壁花岗岭，峻峭云彩游。
信知灵岳验，粤若典籍究。

黄梅会馆观戏有感

黄梅煮酒酿酸甜，蔚毓皖乡戏曲坛。
鹂婉莺鸣树上鸟，青山绿水画中颜。
板腔花调彩仙苦，愉快诙谐尚乐欢。
乡土气息江患史，毛公一语道流源。

注：尾两句，毛主席1958年武汉观评黄梅戏大意为：好在乡土气味浓，赏其土；湖北黄梅县民好戏苦涝，逃流皖山区而盛焉。

六尺巷

咫尺之墙争不已，一书礼让三尺息。
两家共巷六和顺，偈在诗文妙语巩。

注：自于自媒群尝言，若复信非诗而为普通书函，未必能和解纠葛；即解之，也难传为六尺巷故事而教化天下。

乃诗之魅力也，诸群贤以为是否？附世传六尺巷诗：一纸书来只为墙，让他三尺又何妨。长城万里今犹在，不见当年秦始皇。

桐城义法

息游秋谒文都门，桐叶卷籍流派纷。
四祖戴方刘姚笔，两则义法妙通神。
雅洁物序两经纬，理据辞章三捌金。
左史为宗尊道统，皖国词语柱天云。

注：桐城义法，“以义为经，而法纬之”，即言之有物有序，约之“义理，考据，辞章”为三要义；“神、理、气、味、格、律、声、色”为八要法（金）。存乎一词“雅洁”，或一字“要”，即简要。

摩崖石刻与三祖禅寺同地并游

野人村寨石牛洞，禅寺摩崖并景行。
唐宋大家题仞壁，璨僧三祖镂心铭。
溪流诗韵高山水，经念佛音普天星。
望树菩提情化叶，惜别空望欲登峰。

潜山薛家岗遗址观览

松竹溪水绕龙岗，地上无奇地下藏。
狩猎采集畜种业，磨石攻玉制陶坊。
十三孔刃绘花果，百数镂铃构响铛。
穿越时空原始态，新石器史益篇章。

程长庚故居观感

旧院老屋巢故居，空无庚鸟梨树枝。
皮黄昆曲化徽调，长翼莺鸣京戏师。

《孔雀东南飞》稽古

孔雀东南去，觅声访古遗。
庐江悲事剧，城治潜山栖。
焦仲卿家坂，刘家山堋溪。
情殉小吏港，五里徘徊啼。

注：方志载焦家坂与刘家山正五里之遥，殉情小吏港即今小市镇也。

潜山秋深访二乔

瑜策皖国妻二乔，潜山文物稽古昭。
国公茔墓青松翠，故址闺阁绿竹萧。
胭脂井香颜赤色，秀英亭丽冶妖娆。
诗骚题壁词媚艳，方志频书十景谣。

外一首

孙策周瑜灭皖方，二乔归嫁两吴郎。
红颜未必薄福命，总是倾城美羡扬。

左慈炼丹遗迹

乌角奇出天柱峰，炼丹遗物遍山中。
老君金液经书岭，葛子抱朴蓝萃青。
仙火炉台别次第，湖坪房洞冠丹名。
长生欺世也欺己，道掩化学博物功。

抱愧天柱山三首

一

礼抱礼失僭，南尊位两迁。
汉皇封岳皖，隋帝奠衡山。

二

情抱情失晚，今来何滞姗？
高山唯仰望，老迈苦登攀。

三

诗抱诗失蹇，韵声弱不堪。
自羞乏妙笔，徒诵少佳篇。

拜谒张恨水先生墓

人生长恨水长东，天柱潜山谒墓茔。
啼笑姻缘花雪月，鸳鸯金粉蝴蝶名。
章回复故故中变，渡雅入俗俗亦精。
推磨蹇驴驼病喻，魂升古皖艺文峰。

赴潜山县途景

秋雨江南丹墨染，暖风轻柔化霜寒。
黄金遍野稻香季，皖水徽歌走潜山。

安庆师弟会

与惠君

渭北梓乡上下塬，秦西绛帐契学缘。
品茗论道皖山下，谋救赵孤东柱天。

与储君

皖山有柱势通天，捷径尝须望终南。
必也周秦汉唐地，若谋不善舆星参。

武帝封登天柱山经行

汉皇武帝行巡狩，龙驾浔阳扬子流。
浩荡舰艨乘紫气，盛唐湾渡侍王休。
北察怀守皖津口，西溯野人山寨头。
登礼擎天立地柱，封禅南岳祭坛游。

秦晋故道禊清明

一

陌上踩青行，莺歌士女声。
轻车鞭宝马，得意任春风。

二

唐尧帝里春，访古觅遗询。
何处平阳阙？临汾证史文。

三

紫气霭黄原，美川龙脉蟠。
太皇兴业地，今日果林园。

四

村树杈结草，奇观头顶包。
莫明询故老，知是老鸦巢。

五

一路春风一路花，白云伴驾走天涯。
关东故道今荒野，策马新辙渭北发。

六

百里绿洲万亩园，桃夭灼火惹红天。
轻车飞奔倏然望，草舍茅屋游景观。

七

一苑桃花一苑杏，粉红红粉两分明。
红粉粉红花微异，红杏粉桃莫乱名。

八

清明未雨起霾尘，车水马龙路少人。
借问杏花村所在，牧童不遇问何津？

九

三皇五帝尚唐尧，舜禹让禅圣制昭。
柏抱槐楸夤夜笑，仪阶龙凤鹿鸣谣。

十

尧帝赐民敢谏鼓，鸣冤诉讼重槌呼。
谏庭路树诽谤木，今立京城华表图。

十一

桃红梨雪菜花黄，绿麦阳春四彩疆。
修禊轻车游祛恙，清明风惠沐祯祥。

子长名望考

瓦窑古堡炭煤名，安定邑衙荒野城。
漫卷西风红圣地，子长立县奠英雄。

安定古邑游

完壁缮垣修故城，俨然仕宦县衙庭。
新乡美镇邑容变，偶见牛羊驴马行。

游大明宫遗址

大明宫阙北郊荒，新梦复兴古殿堂。
武后若游昔日地，笑言婉谢卧龙床。

外一首

东耀大明宫夜红，西闻歌舞未央宫。
家居凤路双飞翼，龙首北原南古城。

渭华起义纪念游

皇清途尽山河荡，风搅雪花席卷扬。
乡怨交农耕具举，乌云世变血刀张。
揭竿东陕闹红起，风动渭华兴战疆。
兵败民伤白色夜，红星斗指陕北方。

柳边伊

黑水白山植牡丹，长安公主归柳边。
惊鸿一瞥何足羡，家美伊人红鹤仙。

游少华山

二小华山名字少，几回入梦逛逍遥。
名高史远古经载，西岳骊峰左右标。
汉帝潜龙禅院寺，金枝吊纸棘群袍。
翠门敞望通天际，惜步辄还兴未嫽。

暮春仰谒张载祠

聚散有无大千景，气本哲学唯物精。
四句箴言高古义，关学道理载伯功。

复弘君商山秋韵

华阳柿喻火晶果，万树灯笼丹凤坡。
洛水商山枫叶染，棣花贾府拜新佛。

白鹿原鲸鱼沟采摘游感

白鹿鲸原新景观，高棚万顷葡萄园。
天鲸神鹿今何在，护佑农夫致富田。

东南城郭念古

乐游苑址透夕阳，向晚惜无商隐光。
林立高楼霾雾现，马龙车水故村亡。
莫寻衮衮王孙子，难觅离离枯草黄。
且问白翁古原处？茫然不晓匿何方。

亚夫细柳今何在

何处秋风戏马台？将军弃甲去何哉！
忽焉细柳柔姿摆，疑是亚夫单骑来。

注：访周亚夫御林军细柳营，不得其所而怅然。

临潼腊八行

一

天河之水若何样？云雨化池氤氲汤。
一自贵妃沐浴后，骊山冬月韭蔬黄。

二

华清宫柳腊如春，嫩叶柔枝招客临。
骊麓百泉十洞水，贵妃池旅络绎人。

半望亭思古

骊山马背苍林阿，鸡犬相闻西户歌。
鸡黍酒旗游客醉，有唐古道小松坡。

蓝桥数典记游

序

梦断蓝桥何处寻？非英滑铁卢桥人。
蓝田西境蓝溪水，桥断千年桥典存。
抱信殉情凄而惋，诗文仙会奇也神。
魂牵梦绕姗姗拜，把酒酹桥忆古今。

仙窟

裴航奇梦遇云英，诗语蓝桥仙洞宫。
月殿求得白兔杵，药丹聘婚隐仙峰。

抱柱

尾生会友女失期，值雨泥泞途误时。
洪水漫桥生抱柱，命殇守信世传之。

典藏

尾生情矫信堪扬，庄子录文典宝藏。
史记苏秦游说燕，李白诗语吟韵长。

元白

元白相善两文山，居易驿墙觅稹言。
稹旅梦吟会居易，蓝桥诗会美奇谈。

戏和崔护南庄人面桃花韵

名落孙山羞未中，南庄桃色掩颜红。
功名成就复重去，尹令访春香艳风。

陇水狼山典

陇水源头寒，狼山塞上烟。
边诗经典句，大漠北国关。

题照某夫妇塞上游

秦树凤鸾大漠翔，陇花边草塞湖光。
狼山奇画遇仙境，颠倒莫忘归故乡。

注：陇水狼山，唐诗均指塞北。

为某友爷孙靓照戏题

孙子爷爷两弟兄，黄河壶口秀亲情。
一张笑照惹群议，谁个骑驴谁步行？

梦忆剑桥柳

嫩叶柔枝鹅黄翠，康桥剑水柳色微。
十年昨夜依稀梦，英树有情望客归。

为班友子长雅集题句

瓦窑火炭隐雕山，一炬燃红抗日天。
圣堡瞻仰羞愧晚，老扶筇杖拜庄严。

悉某友谒成吉思汗陵寄语

闻讯庄严谒汗陵，忽闻夫子壮词声。
大王若问山河事，带路开通欧亚行。

注：抗战岁月，于右任公谒陵，有豪词“大王问我，几时收复山河？”毛主席赞为神来之笔，谦称《沁园春.雪》不抵。因致诗陵前旅友，告慰弯弓天骄：昔日西征古道险，而今“一带一路”通。

蓬莱八仙辩

蓬莱仙境欲何寻？踏破铁鞋东海滨。
考信八仙朝野史，可亲尘世布衣人。

云雨辩

天雨地云交会景，何来朝暮女神情？
误读宋玉高唐赋，斜望巫山十二峰。

瑶池

昆仑龙脉万山墟，王母神宫别洞祠。
钟乳凌云滴圣水，虎牙豹尾化天姿。
穆公八骏驰觞会，绸缪七夕誓约时。
漫道花前风月事，谣诼骚笔秽瑶池。

浐灞广运潭忆古

昆明池脉潜漕龙，航溉关河西向东。
汉武实中兴水略，隋文深浚巨舫通。
玄宗大造津门渡，御赐唐潭广运名。
考信望春楼典礼，何逊今日世园隆。

唐广运潭典礼

三百贡舟千女舞，望春楼下众山呼。
船夫左袒伎霓羽，盛典中央玄帝孤。

答游子问道桃花源

遍地桃花遍地园，桃夭遍野觅桃源。
陶潜原记武陵郡，客破铁鞋空洞缘。
古献徵文仁智见，新说频论莫衷言。
凝神注目读文字，何奈隐逸世外天。

知己某君一笑

泸沽游趣甲天下，母系走婚奇特葩。
远古遗迹今尚在，越穿莫忘秦陕家。

避暑朱雀森林公园即感

火鸟入林逃世炎，青山幽谷景堪怜。
为得静处蜕红羽，不坐四灵先涅槃。

林间吊床

红绳系网荡悠悠，入梦山林忘世忧。
溪水淙淙空谷籁，天方谁渡木兰舟。

避暑终南山农家

一

终南夏雨瞬时降，夜半细风寝梦乡。
何必围城趋炎势，农家院舍好清凉。

二

樵柴斧劈灶烟香，炊黍烹鸡村妇忙。
米酒浓醇泉水酿，饱食心醉忘还乡。

涝峪口即感

一

水石激斗吼如雷，水自湍流石未摧。
百战千回无血象，两仇搏命是为谁?

二

石自强坚水自流，何来不共戴天仇。
石骄阻水山林吼，水怨顽石战不休。

寄语苏子访英归来

行行不语行，英业自华英。
不系舟归渡，春风新燕平。

洛出书无须争

洛女溯流寻洛书，神龟顺水负河图。
同源一脉炎黄后，豫陕何须争九符！

注：南洛河上游在陕境，下游属豫省，洛书为中华民族文化遗产，上下游何能断流而争。

观蒙古河套牧场图景

阴山敕勒羡牛羊，柔蔓丝丝秋草芳。
云雾氤氲泉水溢，红鬃烈马猛开张。

禊游华阳

有凤来朝华岳阳，祥云结彩舞霓裳。
入林神鸟鸣何噤？扰惮隐仙四皓祥。

窗念

梧桐满院紫花灿，遍引四方金凤迁。
南北渭漳周土穰，乾坤六九李桃妍。

薛涛秦籍

浣花溪水桃花笺，辞赋文章红欲燃。
何故秦英归蜀道？居之不易走西川。

辛丑弹铗打油歌

知我者谓我心忧，不知者谓我何求。
含辛抱石兴绝业，老蹇丑牛岁慢悠。

外一首

承平何事杞人忧，道亡黍离忆先周。
辛苦抱石非谬诞，骑牛行慢自息游。

庚子晚秋绵阳游

金牛喝道蜀门开，秦客踏秋访故来。
夜雨巴山窗影语，笑谈新冠战疫灾。

外一首

石牛金粪蜀王迷。开道五丁事诡奇。
通汉褒斜巴险阻，蜀秦栈道鬼神唏。

傥骆古道

傥骆径捷古险艰，太白言过上青天。
而今西汉高车骋，商贾往来上下班。

借句无题

长揖祖庙问良计，撒豆成兵鬼谷辞。
兴灭继绝伯载道，但开风气不为师。

外一首

撒豆为兵阵，隔山吆骥群。
天书良祖庙，鬼谷石泉云。
兴冷继绝世，石辛往圣门。
逆行新冠岁，游记阴阳神。

山海关石门寨梦游

山海古关兵险道，石门铁寨锁坚牢。
马腾炮啸攻坚猛，壕狙堡击御略韬。
鏖战五天天亦老，焚焦四野野无苗。
直酋瞠目鸣金去，公陨将旗血雨飘。

夜游不夜城

古城火树未央天，回梦大唐九百年。
李杜雄诗今再颂，开元新世网云穿。

题末雨校园快闪影景

抒情小品语吾侬，莺鸟花荫翠柳鸣。
本草溢馨国药院，莘莘学子沐春风。

初春杏花雨

吾欲春霖雨吾头，矫情三月小放牛。
若询酒肆何方有，不指杏村指李沟。

游感

一

青龙寒剑藏秋水，诗腹修行万卷籍。
行越志登折月桂，息游萧寺悟禅机。

二

藏剑别乡寻斩它，终南有径且安家。
曲江灞柳也三变，非道非儒诸子侠。

游张良庙鬼谷岭夤夜穿越梦

撒豆成兵鬼谷子，但开风气不为师。
子房庙遇黄石老，天授正蒙伯载集。

天汉纪游三十首

辛丑仲春，与贤卿游汉中，拟三十首以补足诗集。题名“天汉”，崇敬古地缘文化也。各首括号，聊表主词大义，并简标题之繁赘。

一

银河星系亘天河，云雨水流江汉波。

千里秦巴川谷地，尊名天汉古成说。

（题：天汉）

二

春来花事景如许，休问东风情自宜。
山水秦巴天汉地，千红万紫望游息。

（花事）

三

晨曦如火霭云燃，遵命东君游旅焉。
箱辇箧轮何向往，周南天汉觅桃源。

（起游）

四

经越洋州正午眠，环球酣日睡节天。
菜花遍野黄金梦，珍鸟朱鹮醒客观。

（经洋县）

五

秋赏黄花菊蕊香，春光油菜海成洋。
色同物异各情态，丝细圃宏皆景光。

（春秋黄花思）

六

万亩桃花红艳妍，山川油菜碧黄天。

春来花色彩多弄，唯此两颜蔚大观。
（桃红菜黄）

七

踏春节目应时变，万户驱车黄圃田。
冷落孤翁垂饵钓，脱贫村镇热游观。
（车窗观感）

八

华夏渊源上古民，族群中古立轴心。
中华多子图腾帜，汉字统文化国人。
（释汉）

九

陕南三舆史交络，天汉神名天自说。
康府上庸秦楚替，洛丹流域划江河。
（三府史要）

十

天汉号称天府疆，梁州南郑勉褒扬。
大秦蜀楚必争地，更有羌氐越西墙。
（汉中形势）

十一

祥瑞兽禽珍四宝，朱鹮濒灭物稀娇。

熊猫猴仔羚牛怪，物与无别勿自高。

（汉府四灵宝）

十二

前拜将台后拜坛，游之宜坐壁前观。
休评胯下未央事，韩信帅旗猎猎天。

（汉台观景）

十三

当年蓄堨溉农田，植柳育竹造景观。
颦效浙杭藏幻梦，南郑湖解正名源。

（正名南郑湖）

十四

碧湖春绿蔚蓝天，宛若翠山环玉盘。
日照波鳞鱼漾幻，柳丝垂钓赋渔闲。

（湖光漾波）

十五

湖心有岛画舫牵，登陆幽篁导径前。
绕水苔藓泥土路，适足地气沁心田。

（游湖心岛）

十六

朝雨伴行青木川，暂别天汉往来还。

穿山隧道越关险，满目郁葱腾雾烟。

（青木川行）

十七

青木金溪河镇兴，廊桥彩虹新古城。
魏氏凤寓栖新道，古岸回龙潜水行。

（金溪双子镇）

十八

水旱冬瓜同树桤，为绅为匪是非一。
风云古镇猎奇志，青木川头游客集。

（青木古镇）

十九

其木不奇其字桤，又名水旱冬瓜奇。
似榆青木盈川绿，古镇游声唤生机。

（桤木青川本事）

二十

鸡鸣三省各啼天，一脚踩边甘陕川。
秦楚蜀羌遗古事，漫山青木化桃源。

（西三边青木源）

二一

是匪是绅褒贬兼，但观风雨魏庄园。

刀枪学教肆商镇，功罪并行青木川。

（古镇奇人）

二二

桤谷榆川任尔称，总归不违树科形。

桃源世外望青木，敢起陶翁为正名。

（青川今桃源）

二三

辅仁学校辅唐建，兴教新民时乱年。

草莽大王庠礼智，野山僻野蕞蓝天。

（谒民国学堂）

二四

花季民国女子郎，鬓丝齐耳短裙裳。

商街躬立学生范，礼赞士绅教化扬。

（新街女学子塑像）

二五

闺幔深藏三百年，联姻盛嫁瞥鸿天。

雕梁画栋文彬秀，瞿胜魏氏史野间。

（瞿魏两家园）

二六

佳鸟两只高视飞，瞿家不与魏家遂。
非强非霸善尊礼，文化立家正道轨。

（瞿氏家道）

二七

山户野蜂共命生，移居日返土巢营。
人虫休戚老心动，携伴春溪祭禊灵。

（蜂农情禊）

二八

十指扣行若丁台，旁观街巷秀馨怀。
老髦目晕相依杖，随议或讥任笑乖。

（自游状）

二九

兰义辅学学辅仁，同窗修道道修身。
初心难忘少年貌，唯念青衿不论今。

（天汉会友）

三十

叠嶂重峰翠陕南，金山银水汉中天。
桃红柳绿菜黄季，辛丑游春生态年。

（兹游结语）

游宿淳化芳草园夤梦

（仿骚体诗句例）

悠然游而夜梦兮，景是真而奇幻；
驾长车之淳化兮，惚策马而扬鞭。
若惊鸿之灵瞥兮，蓦然世外桃源；
见百亩之蔬圃兮，恁谁别业庄园。
芳草书之门石兮，墨款钟公明善；
半徐娘乃女主兮，隐富名而赋闲。
主妇为之说解兮，话创业之辛艰；
观书屋以博物兮，知品位之非凡。
广百蔬与千卉兮，盈畦亩而丰赡；
树豆棚与瓜架兮，垂硕果而累绵。
色鲜美而香脆兮，任撷採与生啖；
喜阡陌之纵横兮，爱土夯之墙垣。

逾垣墙而渐迷茫兮，俨然穿越古今地天；
楚有才而念屈子兮，思玄晋欲谒拜陶仙。
导九畹欲采芝兰兮，幸得见夫三闾桂坛；
循三径而觅菊篱兮，疑似遇夫武陵桃源。

云雨兴兮雾蒙蒙，疑无路兮霞盈盈；
逢山鬼兮适游导，牵女萝兮薜荔行。

草甸绵兮溢芬芳，花径扫兮郁香凝；
访芷蕙兮识申椒，望若木兮惜杜蘅。
畦留荑兮殖三秀，垄揭车兮蓍九灵；
塍有茹兮坎有葵，沙江蓠兮水芙蓉。
池菖蒲兮湄荃荪，塘荻芦兮浮白蘋；
喻香草兮为佳丽，赞美人兮善政声。

女导游别园兮，见阴霾沉沉；
言恶草遍野兮，园丁家昏昏。
藤葛乱道兮，荆棘成林；
蒺藜苍耳兮，刺衣伤身。
飞蓬白茅兮，矇目扰心；
马兰钓名兮，恶臭远闻。
荩草名菉兮，实为佞人；
牛尾毛草兮，诡称萧君。
蓼劣莪优兮，经曰诗云；
秽浊难忍兮，梦醒清晨。
何等龌龊兮，敢询何邻？
旁言悄语兮，无赖豪门！

乱曰：
睡翁之意兮，唯诗骚草木之繁；

芳草园游兮，借题温书而已焉。
矫弄骚辞兮，但为兮字而感言；
兮本楚语兮，因屈骚起例发凡。
独为虚叹兮，通灵音而无义专；
随文而发兮，兴叹多情意万千。
不计其位兮，句末语中任随缘；
调变节奏兮，激活四六之语联。
顾叹词多兮，唯楚辞兮字独善；
骚体章法兮，执要仿为五例凡。
楚辞煌煌兮，诗体若群星灿烂；
兹余作业兮，冀宽宥作姑妄谭。

文辞篇章

◎题记

于右任雕像题文

于右任（1879—1964），陕西三原人。近现代民主革命家，著名教育家，诗文书法大家。生平驰骋党、政、军、教、文各界域，德功声名著于天下。书法直追历代大家，人称当代草圣。诗文雄朴豪放，以“葬我于高山之上兮”终笔，传为海峡国殇绝唱。创办复旦大学、中国公学、上海大学诸名校。抗日战起，奔走疾呼，于杨陵辟建农林高校，为民族救亡绸缪国廪大仓。风雨春秋八十度，师生校友报本思源，欲现校祖美髯风骨永为瞻仰。全国人大常委会副委员长张宝文、全国政协原副主席陈宗兴，曾继任校长，登高襄举盛事。中国雕塑院院长吴为山教授倾情恭雕，并为之记。

辞曰：旦复旦兮，书杖何方。归去来兮，于子还乡。

西北农林科技大学　敬立

公元二〇一四年九月十日

辛树帜雕像题文

辛树帜（1894—1977），湖南临澧人。著名教育家，生物学家，古农学家。生平事业实副其名，毛泽东主席嘉许：辛辛苦苦，独树一帜。早年留学英国伦敦大学及德国柏林大学，首开国内生物科考先河，新发现属种得“辛氏”命名者二十余品。曾任国立编译馆馆长，两度执掌管西北农学院，建立兰州大学，创业守成头头是道。敢以总揽天下英才为己任，麾下教授名师风从云集，教育界羡为美谈。晚年究研古农学，论著体大精深，皆发人未发之论。慎终追远，尊辛老以塑像，配于祖座右，并作高山仰止。

辞曰：辛辛苦苦，独树一帜。嘉言美意，劳人思息。

西北农林科技大学　敬立

公元二〇一四年九月十日

右任书院题记

书院者，博雅教育之殿堂。兴于中古，式微近代，而今复萌高校学府，有志者践行探索，不亦乐乎！

右任者，本校肇基之宗祖。始为民主革命先驱，终以诗文书法大家垂名流芳，书院以右任题额，不亦宜乎！

右任书院旨趣，卓尔别具一格。继承古典书院读书、讲学、论道之传统；彰显于氏诗词、文章、书法之优长；传扬本校农史、农教、农业文明特色，谓之继往也。

开张视野，博采欧美学生公寓式教管制度精要；与时俱进，兼容并蓄国内外先进教育理念；创新机制，构建中国特色现代书院制度，谓之开新也。

子曰：执其两端，而用其中。传统与现代，继往与开新，莫非圣人授之右任书院微言大义也。勒石以为记。

其铭曰：宜乎乐乎，斯院斯名。体制机制，中范中庸。

右任书院　铭记

公元二〇一四年中秋日

重建教稼台纪念碑文

漆渭之会，有邰古国，相传后稷教民稼穑地。近世，国立西北农专卜基圣地，旨在弘扬周祖业绩，传教现代农业科学，以振兴穷僻大西北，是为西北农业大学之肇始。半个多世纪来，历经风雨沧桑，西农终不舍其艰苦奋进之志，耕耘播获不息。凡创科研成果五百余项，育农业英才数以万计。学校规模日益扩展，事业蒸蒸日上，在校师生增达五千余人，设十系十九专业。囊括农业科学各大门类，综合教学、科研、生产为一体。教学设备精良，师资力量雄厚，屹然厕于全国重点农业大学前列。今日五台翠岗之上，高楼幢幢，学子莘莘；岗下农林校所栉比鳞次，农科精英荟萃一区，教稼传统风被杨陵名城。武功镇郊漆水河畔，旧有教稼台，盖后世人追念后稷史绩而立。鉴于古台日渐倾颓残毁，继则块砖片瓦荡然无存，致后稷故事为民间淡忘。当兹承平改革之世，百废待兴，武功、杨陵各界同倡复建教稼台。于是集资助力，别构图样，于废墟之地重奠坚基，荒郊滩野新筑台亭。期年之间，教稼台新立，名胜古迹复现。游者当触景而思昔，重温中华农业历史，知农业现代化道远任重，自坚爱农、学农、务农信念。是知重建斯台意义深远，功德无量，兹勒石以为纪念。

西北农业大学 立

公元一九八六年清明节

农史馆序辞

中华民族以农立国，新石器遗址遍及长江南北，大河上下，农业起源先后昆仲难论。然渐进原始向传统农业过渡阶段，正所谓上下五千年中华文明肇始时期，传统农艺首先在黄河流域孕育萌发，渭水之滨的周族有邰地为率先之区。后世尊杨陵为中国农业发祥圣地，正是传承这一伟大历史文脉。

为中华立农，为民族奠基，杨陵区境先民有开篇之功。周祖后稷教民稼穑，事见于《诗经·生民篇》，司马迁引载于《史记·周本纪》，周人以农立国之说，遂有史诗经典地位。当传统农业进入先秦汉唐全面发展时代，农史学昭示，唐以前重大农业技术发明，几乎皆出于杨陵为中心之关西地带，是知后稷之后，此地代有传人。时历近世，有识之士火尽薪传，创立现代高等农业院校，杨陵渐成中国农业科教之重镇。

新旧世纪之交，中央高瞻远瞩，组建西北农林科技大学，以产学研结合模式创新农业教育。当学校庆祝始建七十周年之际，饮水思源，决议在后稷教稼故土之上，建立农业历史展览馆。宗旨在于铭记先祖开创农业教育之伟业，展示中国农业文明历史，建成集教学、科研、博览为一体的农史殿堂。今日新馆斯文而立，展厅琳琅满目，观览者自可品味其中，温故知新，当思中国农业悠久历史与美好前景。

2006 年 10 月 6 日

农史馆校友捐建功德碑记文

农史馆落成，其文质兼备，堂而皇之，蔚然一大文史大观。有功者当歌，修德者相颂，为捐资献物者勒石树名，歌功颂德，实属传扬校史文化之盛事。

公元二〇〇四年，适逢建校七十华诞，四海学子闻风而心动，诗文所谓每逢佳节倍思亲。饮水者思源，知恩者图报，然何以反哺，何物寄情？国内外校友集思广益，臻成佳美方案。意为同出一门，同心解囊，为母校共建农史博物馆。提案品位博雅，见识高明，闻听者齐声称道，深得母校文化之精髓底蕴。

盖母校所在杨陵之地望，大义在农业历史地位无与伦比。后稷教民稼穑之说，见载于《诗经》《史记》等上古典籍，以此决定杨陵三大农史地位：中国传统农业发祥地、中国农业教育发源地、中国农史研究之重镇。时越数千年，杨陵与时俱进，母校地缘文脉绵延不绝，于今势成产学研结合之创新型农业大学。然探始溯源，当念后稷开创教稼大业，应知母校得天独厚之历史地位。毋忘母校，毋忘农祖，实为校友捐建农史馆之深层蕴义。

大约农史馆所在地，当传说教民稼穑之中心范围。后稷之身后，导引出一部伟大中国农业史，构成中华五千年文明历史核心篇章。农史馆当集教学、科研、博览为一体，以守望、收藏、展览农业历史文化为己任，建成中国农史教化首善之地。其镇馆之展，当以展示恢弘农史为主题，使祖国农业历史博览，实至名归，得其所在。弘扬母校，弘扬农史，亦为捐资校友共同创意。

试概言校友立馆之祈愿：农史馆当为中华农祖后稷之神坛，为中国农业历史研究之殿堂，为中华农史文化大观园。如此心愿，堪称大善大美。在校师生当为之竭诚尽职，精心护守运作，务使捐资校友之功德，在校内外永远传习、传承和传扬。

2006 年 10 月

鄞县周尧昆虫博物馆落成记

周尧教授，生于 1912 年，浙江鄞县人。少年聪颖有奇志，性喜博物，尤好昆虫，誓以“雕虫”为事业。故修学南通大学农科，后负笈旅欧入意大利拿破里大学，专攻昆虫分类之学。时抗日之战方炽，投笔报国心切，狂歌当哭，慨言：“大虫不杀，治小虫何用!”旋归后，历经艰辛，痛定思痛，决计自用专长执鞭西北农学院，走科教兴邦之道，迄今已六十春秋矣！授教则兢兢业业，诲人不倦，师表教态有古贤风范，弟子熙然风从，桃李遍天下；治学则精益求精，宏博专深，于昆虫分类独多发明创新。成果累累，著作等身，遂以著名昆虫学家立名当世。求真务实，凡事关学术是非，辄大勇无畏，百折不回头，务得真理而方休，人称“周尧精神”。传奇一生，硕学多才，智慧精巧，自谓“能集百工之事于一身”。平生有四大心愿：一馆一刊一社一金。现昆虫博物馆屹立西北农大，昆虫学刊传播国内海外，出版社、奖学金即将实现。耄耋之年，心系桑梓，乌哺之念一往情深，欲于江浙复建一昆虫馆，以身当薪，教育来者，弘扬科学精神，盖老来又一宿愿也。夏六月六日，鄞县馆成，建筑别具虫物情趣，翼然欲飞，坐落东钱湖名人文化景区。撰文者惜未亲睹展馆景观，故转笔宣扬周尧先生生平事业。爱屋及乌，既知其人，何必详其馆舍，又何须强记落成之事。校报索文，聊以为记也。

1996年6月6日

筹建西农关学研究室献辞

为关学开农道，为古农启哲思。

西农马列院“关学农业哲学思想研究室”成立，献上两辞参为旨趣。

关学为儒学重要流派，宋明理学强支，开派宗师张载故里横渠镇，彼我仅以渭河之隔。《诗经·秦风》有云，“所谓伊人，在水一方”，毛诗释“伊”为隐贤圣哲。高山景行，创通关学农道哲思，实地缘文化学脉乡脉所系，亦新时代杨陵学者之本命担当！

2021 年 1 日献句

《农政全书校注》参评中国古籍奖推荐词

谨以敬仰之忱，举荐石注宜获本奖殊誉，理由信实如次：

《农政全书》为著名大型古典农书，经石声汉先生精密科学之校注，臻成旷世善本珍籍。学界同赏，学人共识，学而时习之。

徐光启以“农政”起本立说，为千年农家创辟农政鸿篇巨制；石声汉钩沉稽古，发幽探微，揭示传统农业政治学内涵新义。徐书石注，珠联璧合，借清儒惯常赞语，称“石破天惊”不为过。

石注《农政全书》创新之功，要在完善“校、注、案”体例，综结示范古籍文献整理法式。盖三法，古已有之，然石欲为经典农书整理新立模式而发凡起例。故在其《齐民要术》今释本传世后，进而以《农政全书校注》完善三法成标准体例，以揭示传统学术之现代科学性，大有校法创新之义。《农政全书》原本不足 50 万，而注本洋洋大观，总计超 150 万言，精雕细刻，无微不至，俱见石氏校注善法和功力。

石声汉为近现代文理学术大家，我国古代大型骨干农书，绝大部分皆为石注。石早年蒙家学古典文献修养，后经国内外生物科学高等教育修炼，早年留英获植物生理学哲学博士。擅古今、中外、文理、科教等学科交叉之长，故能在古农书领域纵横捭阖，游刃有余而独树一帜。石注学术成就，海外汉学界推为高峰，国内外学者传为口碑，获国家科学大会奖。学界论石注充满现代哲科原理，发掘出古农精华参为今用；古籍文献学界叹服其学术功力深厚，赞其精心缜密，而“严守乾嘉考据家法”，尤令各路注家折服赞赏。

后学识浅慎言，唯据兹大义，郑重鼎荐石注《农政全书校注》膺奖！

西北农林科技大学 张波

2021 年 3 月 15 日

国学学科范畴思辩辞

古之论学，多属传统人文科学，小者称学识，大者称学问。今之现代科学，多分而治之，称为专业学科。学科者，科学之分门别类，科学二字倒之即为学科。学科乃科学分类单元，倘若能就事物类别作出划分界定，便可立名为学，称之学科，传教普世天下。故分类之学，大行科研教育领域，西方人尤为器重，各科皆视为基础理论，学科分类自当首先遵行。

学科划分的理论依据，要在厘清学术领域，进而确立学科范畴为准则。学科范畴是体现学科本质规定性和特殊矛盾性的概念体系，各门科学必具特有的范畴方能立学。国学惯称学问，故而难立为学科，积习一则惑于范围阔大无比，亦不作广狭分层而论；二则蔽于对内在畴偶矛盾性思辨不清，或因研究国学者不闻现代学科意义，或知学科者不晓国学研究方法与学术思想之矛盾法则。遂致国学范畴无哲科思辨，国学概念、定义、理论、方法及知识体系，也难与现代学科对接融通。兹将近来寤寐所思，录文于下，聊为本校传教国学通识课者参考。

范畴，哲学领域之本家语。范畴概念之外延，指事物包括的范围；其内涵为事物的畴偶，即对立统一之本质。试用汉字辅会其基本义：范，事物之间普遍联系，即学科领域范围；畴，事物内涵两相对立的性质，有畴偶之义。故知从范围包容和矛盾对立两大意义，方能道明国学范畴。国学知识领域与学问范围，当以古典文献学经、史、子、集为基本疆界，广义可扩张为传统文化领域，狭义主指经子典集，核心学术为经学和考据学。国学学科范畴之特殊矛盾性最难求索，今试论为：传统文献考据学与历代学术思想对立统一发展演进的关系。稽考从先秦诸子争鸣立学，开启古代哲学思想初潮；到汉唐学者解经注疏，形成经学为主杂以玄释的学术思想；再到宋明理学家变革汉学，创通集成儒家性命义理学说；直至清儒文献考据祖述汉学，复兴汉代学术实事求是精神；等等。一方面是坚守古籍的考信求真的治经实践，另一方面是传扬历代哲理学术思想，往昔人或将国学文化总结为“经典与学术”的对立统一，当不失为国学畴偶性的精湛表达，据此范畴定义国学或近于科学的表述。

国学范畴若明，国学之学科定义拟为：中国古籍文献考究与历代学术思想相互发明演进的学问。相较以往“吾国固有之学”和“中国古代文化与学术”等，显然学科范畴意义昭明字里行间。国学既得现代科学范畴和学科定义，其概念、义界、对象、性质、理论、方法和知识体系，即国学概论要义便可以现代学理逐一通识。曾据以拟本校《国学通识课概论》章目如次：前言、国学概念释义、国学通识原理和方法、国学经典与经学史概略、国学文献的分部结构、经部典籍要略、史部典籍要略、子部典籍要略、集部典籍要略、古农书要略、国学学科建设等凡十章，列为通识路径似也顺理成章，遂付诸教学实践加以探索。

关于国学学科建设再为赘言。国学是中华民族传统文化，理应纳入现代科研教育体系，且与现代学科对接交融，否则难以自立于现代科学之林，亦无从列入当今学位教育目录。为国学立科解决“户口问题”，现已成学界急切期愿。大约近代国学新潮初兴时期，新文化主流派就引入西方学科概念，将国学研究分派到文学、史学、哲学各科，将古籍经部归政治、子部归思想、集部归文化等社科领域。甚至将国语更名古汉语，按西方语法和文选、文化知识构成三版块教学法，版本传讲直至今日。唯清乾嘉余脉章黄学派弟子仍保留传统，坚持不分学科，固执小学训诂读古书的心法教学。忆在1980年代改革开放初期，曾忝于训诂学会首届学习班，始信国学不宜分科而治的主张，但在学科概念上却别有心思：不违主流派学科之学的意识，务使国学树帜现代科教制度体系，但不赞成将国学分入文史哲学科治理；拥戴章黄派整体国学价值观，但不赞成其称学问称学术，而不明确称名学科的态度。简言之，不欲国学分学科，而欲国学立学科。然欲立学科，就必须明确国学范畴，这便是多年苦思国学范畴之由衷。

当今国学热潮遍及全球，国学教育和研究风行小学至大学校园，然国家教育部门就国学学科设置，历经多年至今“悬而未决”。其难点难度难言何在？瓶颈之中因素颇多，恐怕不全在顶层决策决断决心问题，关键仍在国学的理论，特别是学科建设理论认识不足，倒是国学研究自身“纠结未解”的前提问题。国学素称浩如瀚海汗牛充栋，而今其学科设置千头万绪，却又成治丝益棼之难题。本文提出从学科范畴入手，以现代科学思路解决国学立科问题，若不如此，又该从何说起又如何破解呢？

再说教育部门设置国学学科事宜，虽人心所向，高校皆乐见其成。然国颁学科目录有12（13）大门类，包括成百上千一二级学科，国学欲置何类哪级？

若言国学系文化范畴，涵盖无所不包，应独立设一大学科门类；但与现有人文社科诸类之间，相互重叠冲突如何处置？若分列诸类人文学科之中，则失国学综合统一性质，也正是国学家们最为诟病之处。本文赞成在文史哲法诸社科大类中，将国学勉为其难置文学门类，设为一级学科，再分若干二级学科，通过科研教学完善其学科建设，然后再谋置诸合宜门类。当今有数所著名大学国学院，已开本科到博士研究生教育，可谓捷足先登。高明在有的院校不争论不等要，自新世纪始就开国学班，采用相近学科“挂靠”办法，执简驭繁地创开学科建设。现国学教育风行海内外，大有蔚为显学之态势，但国学的理论研究和学科建设相对滞后，而国学的学科范畴实为障碍因素，惟献芹浅陋思辨小文，以引玉大方高明卓见。

2020 年 10 月

化六九骊歌金会结语

毕业五十年聚会结束了，“初心——窗愁——校恩”，现再重温这次金会主题词，作为总结。

初心，即上大学时的梦想。当时我们在同一起跑线上迈步，有的很用劲，很紧张；有的很理性，很轻松；有的很懵懂，没来得及充分准备，发令枪就响了。

现在跑完人生马拉松，都到了终点，再扪初心，就会感到轻松愉快，不管跑得快慢好坏，现在看人生原本这么回事；大家都跑了一圈，谁也没多跑一步，而且谁都跑得不容易，都是满身大汗。总之，现在讲初心，就应当平心静气相笑而语了。习总书记讲不忘初心，为的是牢记使命担当，我们使命完成了，不能再担负大任，应当心安理得，欣赏这个好世道。

窗愁，这个概念很复杂，那天丁好音讲话很出彩，表达出的窗愁就是同学间的友情，就是师生之间的恩情，都是非常真挚深厚之情感。但是窗愁还有一种更深层的情绪，那就是我们对自己最美好的青春韶华的眷恋；一种思念，一种略带忧伤的思情怀念，这一点与余光中《乡愁》的情绪相同。而我们用“窗愁”作主题词，更有一番诗情画意。总之“窗愁”感情很复杂，值得大家心领神会默默体味。

校恩，简单地说，就是学校对学生的恩德。我们母校是非常朴实的，校训就是“诚朴勇毅”。由于时代关系，母校没能教给我们应有的专业知识，这也是她无奈的遗憾。但是学校却给了我们一张进入社会工薪阶层的资质凭证。这张毕业证像护身符一样，保护了自己的学子一生衣食无忧。作为母校，或者说母亲，她已经尽力了。后来几十年母校更加奋发努力，进入全国高校“985”行列，给学子们争回了尊严和荣耀，校恩如“五台山”铭心永念。

这就是三个主题词想表达的意思，应该说通过大家的努力呈现得很好。谢谢同学们！

毕业五十年聚会服务组张波
2020年9月26日

《五谷名实》电视访谈记文

五谷概念，先秦文献就已经出现。古籍中“五谷”有两种含义：一是指五种主要粮食作物，二是作为粮食作物的总称。今天我们说到五谷，一般是指后者，即总名。要问五谷包括哪些作物，说法就很不一致了，当代各类字典辞书有七八种解释，常令人无所适从。其实这种情况也不奇怪，因为不同地区粮食种类有差别，各个历史时期主要作物种类也有变化，要说哪些是最主要的五种，自然有不同的说法。

五谷之说尽管五花八门，稍加分析就会发现，许多说法都夹杂着一些品种名称，甚至把同种作物的品种名称并列起来。这样计算五谷，当然是不对的，起码是不科学的。各种说法中，只有东汉经学家郑玄和赵岐的解释有一定道理，比较符合历史认识。赵岐说法是：稻、黍、稷、麦、菽；郑玄说法是：麻、黍、稷、麦、豆（豆也称菽）。赵岐有稻无麻，郑玄有麻无稻，合计而言六种作物，为什么说两人都有道理呢？因为唐代以前我国传统作物确实主要有六种，用今日大家熟悉的名称说，就是稻子、糜子、谷子、麦子、豆子、大麻。因为麻籽可以食用，古人也列入粮食作物。

现在再来分析赵岐和郑玄的两种说法。郑玄说无稻，实在有些问题。据农史学家研究，我国云南是水稻起源地之一，南方种稻历史很早。就在关中西周时已经种稻，汉代以来黄河流域和北方各地都有种植，水稻在农书中的地位也在大麻之前。再从粮食作物概念上说，稻比麻更有条件加入五谷之列。麻在古代是衣食两用，而主要还在衣着，列入纤维作物更为合适。这样权衡，赵岐的说法就显得更准确一些。至于有人说到高粱，考古界也确实有许多发现，但从文字材料看，宋代以前的农书和其他文献里很少反映，可见种植不广，直到元代高粱在北方才有大面积种植。而玉米更是明代中期，才从美洲引进的作物，它们与传统作物的历史不能相提并论。有人可能还要提到稷的问题。稷到底是什么，教科书和各种工具书说法很不一致。《辞海》并列了三种解释，究竟是谷子？是糜子？是高粱？历代经学家、农学家、本草家为此争论了两千多年，历史上称为“稷讼”。但是根据农史界近年来的研究，多数人认为稷就是谷子，语言文字学家，多数也支持这个结论。

总而言之，五谷是一个有争议的、不甚确定的概念。人们平常讥笑“五谷不分”，但真要把五谷说清楚却不大容易，至今仍是一个有争议的学术问题。

1992 年夏至

中华农业历史博览园筹建献言

某某教授钧鉴：去岁八月大驾幸临敝校，匆匆然未及筹建农史馆事宜深谈详论。今春间数传电语，继寄书函，教授与张、杨诸位有志之士弘扬中华农史之苦心美意，图谋名山大业之慧眼卓识，不禁肃然起敬，感佩不已。唯自己农史学识不足，且素不习馆园博览专业，又昧于当地人文风情，更不晓馆场择其环境，恐难深解诸公筹计农史馆之旨趣匠心。然自虽不敏，亦知此举措事属重大，其博览效应绝不限于一隅，必然播扬及海内外旅游文化界，功德兼得于古往与今来；又念举凡伟大事业，除先知先觉者倡导，尚需各方参议，众志成城。故不揣自陋，谨就筹建农史馆事宜述刍荛之见，聊备诸公擘画决策之参考。

第一，名称问题。

观听致书来电，始终以“农史馆”称谓，别无异词，似乎共识为既定名称。名为“农史馆”，简约至极，现代馆舍博览文化载体的性质一目了然。若就此意义立名，三字达于极致，不当再论名称问题。

然而倘若欲突破硬体建筑的陈列馆模式，使农史回归田园自然，建成具有现代创新取向，融农事实践、农家风俗、农民情趣、农业环境为一体的园林式历史文化形式，复论名称问题则事属必然了。名不正则言不顺，若最终采取园林式规制，显然应更名以副其实。兹拟四名以引发称谓议论：即“农史园”，或“农史博览园”，或“农史博物园”，或“中华农业历史博览园”，后者似乎更加全面明确完美。

第二，性质问题。

上言名称实际已涉及立馆的性质问题。诚如张先生美愿所忌，若只是建立一硬体建筑物，而随意摆设一些旧农具或旧农村用品，就要称之为“农史馆”，那就大失文化意义，斯文扫地了。是知立馆性质必先明确，并处处时时加以把握不可偏向。

窃谓“农史馆”本质属性要在“史”字，子曰：“质胜于文则野，文胜于质则史。”张先生不欲农史馆失之质野，而具有文史品质，乃是对农史馆基本性质的直观把握。事实上，展馆陈列的一物、一具、一农事，必须有丰富的文化内涵，展馆总体及部分氛围均能传递出强烈的历史信息，观者从中可以领略中华农业发展演进的过程和历史规律。在具备“史”的特质这个基本属性前提下，其他相关特性功能即可据此而规定。

其一，学术性、知识性、观览性三者兼备，而以观览之中获取农史常识为主；其二，由上条决定展馆服务面向必为全社会，因此大众性是其主要特点之一；其三，展博品位要符合现代人文化情趣，具有现实性。综言之，农史系古往之事，属历史范畴，但农史馆立于当代，面向今人传承农史，故必须具有现实性、大众性、观览性。

第三，形式问题。

馆区总体模式和展馆综分形式亦属先决性问题。前言突破硬体建筑型的展馆模式，非绝对不建馆舍，而是决心脱离将展物尽圈于室内的窠臼，摆脱单立一馆，或一复杂建筑体的传统馆式，故在形式上有以下几方面构想。

首先，总体馆区景观为展馆建筑与农史景物相结合的园林形式。馆非一馆，而是以农史时段分立若干小馆，其周围营造相应的农史景物，构成馆、景交融辉映互相发明的新颖模式。

其次，在上述总体模式下，园林内自然形成若干小园区式单元：园区之间以农史时段列代为序，巧妙过渡，合理布局。小园区之内以馆舍建筑为中心，馆内陈展本时期农史发展的文图器物，给观者以有系统的农史认识；馆舍四围模拟当时有代表性的农史事物，如农田景观、水利设施、农户经营、民俗事物等。重建景物环境必须宏观，有一定规模，且生动有观览性。每园区馆舍体现所处时代建筑风格，出入其间给人强烈的历史感。列代小园区之前建置一总体性厅式建筑，综述中华农史脉络，简介农史馆园区结构，具有迎客导游作用。

再次，农史事物的展博形式，当合理利用园区自然环境和馆舍空间，按照农史具体内容采用不同的表现形式，或以文字图表照片，或以实体实物，或以模型缩样，或以蜡像雕塑。可以是静态的展示，也可以是动态的表现，形式多样，动静结合。但展现的格调必须相对统一，不可杂乱无章。

第四，场所问题。

大凡社会性文化实体或设施，其场所择基必依托都市环境，建于大、中城市或交通畅达的小县镇，以便大众观览。农史馆选场切不可忽视这一原则，欲采用上述园林形式，卜址城郊形势之地最为合理。

场所用地不必占用广平良田，郊野贫瘠之地即可，甚或低矮丘陵，伴之池沼沮洳地带更为理想。因丘隰之地和高低不平地形，稍加整治即为山水环绕景致。园林馆舍景物可因势制宜随地形平缓高下合理布局，北方旱农与南方泽农历史景观均可充分展现。若馆园场所卜居既定，却地处平坦少水之区，则应平地掘池起阜，引流入园，务使馆区之地有起伏，有山水，有原隰。非慕风景之美，实为农史展博必须。中华农业历史悠久，先民相地之宜，农林牧副渔诸业并举，营造水陆立体环境，可以再现丰富多彩的农史内容，使展博内容和形式统一协调。

据称馆区面积既在3~10公顷之间，若就其大，10公顷足矣；若取其小，则要察其环境，四围必有拓展余地，以图将来馆园规模之扩大。

第五，体制问题。

体制是设立事业单位和文化实体先决性基本问题之一。农史馆既属文化事业，无论归属如何，外部必与事业机构纵横相联系，其内部则根据业务需要设置若干部门，各司其职。除展博业务机构外，同时设置农史与展博研究机构，形成展研二者结合的体制，如同北京中国农业博物馆内设置农史研究所一样。展研结合体制为当今博览馆通行体制，而农史馆更不可例外。盖农史专业性较强，远不及一般历史文化展博馆知识普及，各层次工作人员均需时加指教，农史研究机构需要承担专业培训指导工作，此其一；历史科学与时俱进，农史展博应紧随农史研究而进展，并关照社会发展提出新的问题，随时充实调整展博内容，常展常新，此事又非专业研究人员莫能为之，此其二；农史展博与农史科学实为一体，二者相互促进，农史学科是农史展博的母本，农史展博是农史学科的窗口，传播农史信息的群众面广量大，是繁荣农史学科的现代形式。展博过程从观众反馈可观世道民风，反映出历史教化热点的变易，可为农史研究之镜鉴，此其三。另外，农史馆设置农史研究机构，可以保证展博内涵的高品位，深入浅出，雅俗共赏。

第六，权属问题。

要在两点：一是有利于农史馆尽快兴建；二是有利农史馆将来的发展。就兴建而论，民资举建最易成事，且张先生独具慧眼出资建馆本为初衷。当论的是民资兴建的优越性，无论出资者策划者均有深谋远虑。利国益民事业，若能由当局决策倡兴，理应为好。然机构重叠，环节复杂，议决不定；参议顾问过多，难免见仁见智，甚或贻误好事。故实难谋于始，而只能乐其成。农史馆只有在馆舍亭立、园林成景、观众游客络绎不绝之时，方易取得当局支持，国人才会“致最大敬意”。以此而论，农史馆初建时期，似应实行民建民营，或归赠县府，以利坚定兴馆信念，共体初创时艰。随着农史馆知名度的提高，逐步进入正轨运行之后，再考虑转变权属，图谋发展，作长远之计。

就发展而论，凡举大事业并图长久昌盛，必属权当局，列入社会事业，归为政权行为。归权何级政权，当然应以最高政权为善终。农史馆欲永昌不衰，初立时权宜性民营方式必然要改变，乡县级政权可作阶段过渡，但仍不是归宿。归权至财政，可以保证人、财、物力的正常支应，使农史馆档次列位于最高级别。有较高地位才会有更大的作为，才能不断争求自身的完善和发展，逐步厕身世界有特色的馆园之林。

所论以上两点，仍为务虚之言。权属无疑是复杂的实际问题，决策者当由所处的具体社会环境出发，从面临的现实对象务实抉择。不必执着权属而影响立馆大局，千万“把握好农史事业这一难得机会”。事属民资兴建，权属问题可以从容计议，况事业实体权属从来都是处于不断易主变化之中，且在易变权属中图存发展。

第七，经营问题。

农史馆经营管理体制，完全由其事业性质决定。凡展览性文化事业，一般不以营利为目的，其价值重在社会效益，经济利益倒在其次，甚或不加计较。上言权属行政当局，正是为了求得事业性质与经营管理体制的协调统一。建成运转正常化后，维护修缮即以政府事业费拨款为主财道，此乃农史馆经营之大体原则。识此大体，但也不妨面对当前商品社会潮流，在维护事业主体性质的前提下，加入商业性经营。其途径有三：一是收取观览门票，此乃中外通例。农史馆有展有景，可教可赏，观众必不在少，门票收入必定可观。二是农史馆园区之内，在勿煞风景前提下，应时招徕非专业的商业展销，此种收入更为可观。北京农业博物馆年入数千万，做到以商业自养事业，可堪效法。三是利用农史馆这一群聚之所，周围广建各种服务性设施，直接经营观众所需服务行业，亦不失以商养馆富馆之道。

当然，农史馆经费支持除仰赖政府事业费为主渠道，同时要注意吸纳社会各界的扶持资助。今张先生有识出资建馆，将来维护发展所需经费，也自有来者大义解囊。中华民族自古就有为公益事业行义善的优良传统，千百年多少寺观庙宇赖此代有修葺香火不断。而事关中华农业传承的农史馆的修缮维持之费，毋庸后顾之忧，资助者必络绎不绝。

第八，内容问题。

博览内容问题是上述七项前提决策之后，必须深入讨论的重要问题。中华民族以农立国，农史遗产丰富多彩，农史馆所负载内容如何采撷实为大难。窃以为当先明确展博“四大范围”，即地域范围、时间范围、农业范围、层次范围，才能从时空层构上总体把握农史馆展示的内容。

关于地域范围。历史展览内容必明空间所在，农史地域特色尤为突出。本馆所展的农史包含地域，学者们不约而同，即以九百数十万国土为地域范围，展示中华民族近万年农业历史。是全族性的，而非部族性的；是全国性的，而非区域性的。拟名为“农史博览园”虽不失简约称谓，然而前缀“中华”二字，则馆展内容地域便一目了然。关于时间范围。农史馆展博起讫，依本学科目前认识水平确定，尽可能表现中国农史研究所取得的成果。农史研究可提供上万年的时间跨度，且有充足科学依据。农史馆展博以中华农业起源为端，经历原始农业、传统农业和近代农业三种形态演变，以至于近世。原始农业时段最长，可展内容最少，尤其最初的发生过程认识极不充分。但考古及有关学科成果，足以传达原始农业演化的消息，轮廓地展现先农面貌，从而确立原始时段是完全可能的。传统农业发生发展过程历时两三千年，包含历史内容极为丰富，中华农业的特色和优秀成就，即本民族农业文化的国粹，均见之传统农业。从展博学表现特色的原则出发，也应不厌其详地列朝断代，以传统阶段为展博重点，内容拟占总体80%以上。近代始于公元1840年，下限则可见仁见智。唯近代时期中华农业由传统型向现代化过渡的历史趋势却是显而易见的，学界不乏共识。故只要抓住近代农业科学技术及生产力体系，充分表达百余年近代农业，不仅是可行的，而且也足以表达出近代农业发展的本质和主流。

关于农业范围。中国人言农，古今皆有广狭之分。狭而言之，农业即种植业，乃至仅以粮食生产为限。但多数情况均取广义农业，小者农桑树畜，更大者农林牧副渔，而今更有产前、产中、产后的农工商一体化之说。过狭之说不符合中国农业传统结构，过广之言也不符合中国农业历史实际。根据农史研究工作对农业范围的实际把握，舍去过分广狭的极端之言，取农、林、牧、副、渔五大部门范围农史馆展博内容，较为合理可行。农、林、牧、副、渔诸门类，林、牧、渔含义不言自明，农、副范围需稍加说明。农业部门指以粮食为主的大田作物生产，范围比较狭窄。副业部门除农副产品加工，还包括桑麻种养纺织，以及果树蔬菜生产，同时将其他部门不易包含的农事均置于副业门类，范围相当广泛。这种分门虽不尽合理，然农史展博并不在于大农业的分门别类，而是综合性农业整体生产力的展示。明晰农、副业包含的内容，意在说明大农范围，以免因理解上的歧义而致遗漏。

关于层次范围。农史馆展博内容，除受农业范围决定以外，农史深度层次的揭示也关系展博的内容。当前中国农史研究展现出的基本层次有农业科技史、农业经济史、农业文化史，各层面研究都有丰富的成果。但就目前所见的中国农史博物馆现状看，其内容基本上局限于农业科技史领域。假若从反映农业生产力历史的角度看，农业科技史不失为最佳视角；但是这样表现中国农史毕竟缺乏立体的力度，无法显示中国农业博大浑厚的气势和整体形象。这种偏向农史界和观众近年渐有认识，今建农史馆必须更改观念，绝不能因循独钟科技的农史展博模式。因此，农史馆除以科技为中心，全面反映中国农业综合生产力发展外，首先必须考虑加入农业经济史的内容。农业经济史揭示中国农业生产关系的演变，重大的土地制度、税赋制度以及经营管理制度，直接影响着中国农业历史进程，决定着中国农业独特的生产方式和历史传统，缺乏这个层面就无法展示中国农业基本面貌。另外，农业文化史最具人文意味，若增入这部分内容更能增加农史的完整性。有关农业的民风民俗民情等文化史，本是中国农业的史影，可形影相随地再现中国农史发展，同时可克服以往农展“见物见事不见人”的弊端，使展博形式生动活泼。拟建馆园式展博，正是为充分表现中国农业文化史方面的丰富内容。

以上四大范围划定后，还要注意根据各个不同的历史时期农业发展实际，选择最主要的农史内容展览，不必面面层层俱到。关键在于要体现不同时代的农业发展阶段水平，总结出各代农史特点，揭示中国农业演进的总的历史规律。因此，各时段内容拟按照以下的模式展示。

首先是农史背景方面，宜采用简洁的文字图画，烘托出社会历史背景，使农史内容有所依托，不致成为空中楼阁。同时背景主要为展现农史做好铺垫，不可漫无边际，离题万里。其次是主体内容，农业生产力和生产关系拧结成农史主线，贯穿展博全过程。在此基础上全面调动文、图、像、物各类资料和表现手段，充分利用展馆空间，再现出农史主体效果，即表现出中国农史的过程、阶段和规律。最后是辅助部分内容。主要利用园林环境，再现农史田园设施和农事民俗景观，构成浓厚的农史文化环境。辅助内容比重远小于主体，但展博多在馆外，占有土地面积远大于主体部分。

第九，列代展馆及园区博览内容提要。

根据中国农史发展的阶段性，拟分为七个馆，馆周附之以园，即为六个馆园或简称以园：原始农业园、夏商周农业园、秦汉魏晋南北朝农业园、隋唐宋元农业园、明清农业园、近代农业园等。在每个园之前，冠以导论和导游性的前厅。兹将这七个厅园展览主要内容提要如下（文字从略）。总之，筹建献言可替否之见，要在打破硬体建筑中的图文实物陈列模式，归农史于田园自然，使馆舍园林相映发明，文化质野统一善美，依托鬼斧神工，成天地人文之大巧，正其名曰："中华农史博物园"。

张波谨上

1995 年 5 月 6 日于不可斋

◎序文

《石声汉逸书两种》出版后记

为何称“逸书”，何以逸而复现？兹遵出版家之命，谨附后记说明。

盖两著原版年久，现世绝少再见传阅踪迹。唯《生命新观》存载文献目录，书名极具哲理魅力，询问寻觅者颇多。石先生以生物学、古农学名世，兼得诗词天赋，篇什近年辗转入文科院校。叶嘉莹先生特为石词集序言，开专题课激情推介，称其人禀性有“弱德之美”，且提升到词话理论高度。叶常引此书作词论背景，故讯访欲读者益夥。鉴此情状，曾约本校图书馆颜玉怀书记，筹计再版事宜。经遍求藏书单位，仅获一复印本，惜字迹模糊，终未能付梓。后幸得石定扶老师及侄儿倾心襄助，先后提供两种清晰版本，又献石先生自传和董作宾先生荐文，遂为本校出版社欣然承命。

适值兹间，率学生清整古籍馆藏，恰似“无巧不成书”，《瑶山考察日程》奇异发现。书中所记乃我国首开生物科考风气之实录，兼属石先生青春年之妙笔华文，亦世人久索而难得之书。为 1928 年中山大学生物系印行，原本流布不广，所见已属稀世珍本；版式较小，且夹藏万有文库丛书柜中，非偶然机缘，实难得见。当蓦然触发之际，惊喜莫名，大有穿越时空返至西汉年间，复现孔氏旧宅古籍之幻想。

孔壁书乃天下逸书称谓之滥觞，故与刘卫科社长相商，竟不谋而合，议定两著合册出版，特名为《石声汉逸书两种》。蕴意在纪念珍籍新版刊世，冀读者知得之不易，当倍加敬惜以探究其学理。欲知《生命新观》者，宜先读董作宾先生简介；欲赏《瑶山考察日程》者，可参阅朱家骅先生之序言；欲亲知石声汉先生其人者，当直观书附《荔尾词存·自序》，乃藏诸名山之书序体自传。如此遵嘱赘述，既以昭示海内外崇石读者，亦为告慰先生在天之英灵！

后学　张波　己亥夏至记

附帖文：

石声汉先生《荔尾词存·自序》家人献世，奉读再三而敬仰不已！悉心领悟，缜密辨析，实属自传体序文。先生女石定枎老师赞称“自传”，亲为注释解读，并昭明珍秘大半世纪之原委。太史公曰：“藏之名山，传之其人”，石传惊现太平新时代，盖盛世斯文之垂象也！兹蒙石老师允诺，嘱将传文公之于众，以为天下学人共赏析。高山景行，弗敢稽滞，遂先转发先生晚年相知学子师友，再冀望媒体远播海内外域，以见古之“名山其人”之史典大道。

跋记：盍为往圣继绝学？

《农史研究法》杀青之际，不免想到这个跋题：为何不研究古农书，何不写本古农学研究法？石声汉开山师祖学问，何不为之传扬光大，岂可沦为湮名绝继之学？惟扪初心，自问自责，己思己省，无奈吾怨吾艾矣！

《论语》有一言行用终身之典，当年询问搞古农学基础条件，幸得石先生“什么基础都不需要，只要你一辈子干这事，就能成功。”遂与斯学缘起，以至于今日告老，更知此言之真与大也。然则入之古农室，出则农史所，且作农史法，岂不殊违先生“一辈子”之教。逾七晋八年，兹将为学从业之迂曲履迹，与先师故友并相告白，以求略抒曲衷而稍自心安焉。

忆改革初百废待兴，承乏之时奉调入本校古农学研究室。时石先生故逝，虽谒其门而不知其堂奥，一时茫然无所适从。惟校人事组织明察困窘之情，派赴北师大随许嘉璐先生修习训诂考据之学。由是略窥门径，且为确立农事名物考据方向，矢志以古农学研究为身业归宿。

然如本书前言所记，正欲潜心古农学，且初试数题踌躇满志时，农史学崛起而学术大变。古农学和农业遗产整理领域，统归于农业史学科，施行全国农史科研教育体制。本人亦受任谬主校农史研究室，必全力经营农史学科建设而不容推诿。来之安之，在兹念兹，于是遂就农史之道实身不由己。诗曰：“靡不有初，鲜克有终”，人生难免与愿相违之事。后来职事再变，则与初衷更其愈行愈远，非在话下矣。

列宁导师曾有趣味箴言：“据说历史喜欢捉弄人，喜欢同人们开玩笑。本要到这个房间，结果却走进了另一个房间。”农史何尝不也如此搞笑，从古农学走进农业史，两者间仅一墙咫尺之隔，却一为子部，一为史部，学术则大相径庭。新中国初期，辛树帜、石声汉两前辈开山立学，欲以古典考据与现代农学结合，探索历代农家者流传承的学问，命之为“古农学”。初计以农书校注先事“准备”，进而挖掘传统农艺，创立学科以图古为今用。嗣后国家以农业遗产整理发号召，农史研究亦渐始萌动兴起，然本校终不变古农学之称，唯以“为农史遗产整理服务”担当使命。恰此黄金时代，古农室名冠海内外汉学界，其业绩李约瑟誉为中国科技史研究之巅峰，获全国科学大会奖。抱道不曲，立名不更，辛石宏图大略，固为含辛茹苦坚如磐石不动摇也。

盖古农学本历代农家者流之术业遗产，为农业历史学科核心学术所在。修农史者必自农业科技史入门，古农书又当农业科技史之础石门柱，古农学即古农书之学理法门。古农学—古农书—农业科技史—农业史，修治农史之逻辑路径大率如此；古农学蕴含之学术生命力，也源于如此逻辑；古农学研究终将振兴，也正是历史逻辑与学术规律相逢之机缘新兆。

今逢盛世新时代，农史学科繁花似锦，农业遗产已成世界性学科领域，唯独古农学仍处被遗忘角落，令人百感交集而唏嘘不已！祖国古代科技遗产，至大者毛主席曾言为农学与医学两宗，今中医学显耀天下，古农学却鲜为人知。昔日辛石苦为立学，惜“文革”倾巢之下不复完卵，斯学将兴而中绝。今日国运中兴，传承古农学亦属新时代之呼唤：盖现代农业已见多种弊端，亟需传统农业经验匡其不逮；农业现代化必与数千年精耕细作相结合，方为我国农业可持续发展必由之路；当年石师校注大型骨干农书数十种，尚有数百种古农书犹待发掘，经史文集古籍中农事资料久待开发，皆期待古农学披荆斩棘拓开新天地。岂不见互联网大数据智能化时代，为旧学复萌提供现代科技手段，可为古农学别开新生面。古代农家与农业史分属子部和史部，二者可合作共荣而不可彼此取而代之，古农学将以应有的学科地位，独立于当代科教之林。

语云“十室之邑，必有忠信”，古农学事业新兴，自有后代传承人；为往圣继绝学，顺天应人恰逢其时也。近来国家社科基金明确提出“冷门绝学”领域，古农学恰正归于此道。校离退休老同志对辛石古农学一往情深，提出“为往圣继绝学”倡言，愿献白发绵薄，甘心皓首穷经，以复兴中华古农学。

跋辞曰：老继绝学君莫怪，且将复古为新开。幸得夫子一言教，半世初心还愿来！

2018 年 8 月 18 日

《一代宗师》后记

辛树帜先生诞辰百年纪念文集，辑文70余篇，凡40余万言，皆同道、学子、亲属深情厚谊之作，无一篇非撰者目睹、耳闻、亲历之事。追念者年逾六旬居绝大半，其中越八旬者又近乎半数，且多大家名流，为纪念文集复添一道纪念景致。

文集搜编，力求全美。凡辛氏少年逸事、青年日记、立业中山大学、创建编译馆、首长西北农专、兴办兰州大学、重归西北农学院等生平事业，列代编排几无阙如。学术论文编次稍前，其广揽天下英才的坦阔胸怀，博大精深的教育思想，古今文理兼容并蓄的学术成就，编后掩卷欣思，令人高山仰止，景行行止。佚文、手迹、影照置诸前，实件件可宝。采撷石声汉教授有关篇章，文句明哲清雅，名师高足两相辉映，文集更见斐然风采。

征文解集，当立组织；斯文之事，必有忠信。西北农大责无旁贷，视为人文盛事，特邀各方人事组建编委会，张宝文校长主任其事。文稿经由刘宗鹤、史念海、薛澄泽、杨笃、罗志诚、张波等先生审阅；贾永堂、付瑞田、张文石、朱振国、樊志民、张景书、牛宏泰、杨勇、唐玉明、惠富平等先生分工编辑校订。谨向倡议赞襄此举单位、同志、朋友致以诚挚谢忱和敬意！

特为表敬者：刘宗鹤教授登高而呼，倡导最得力；

薛澄泽教授内外联系，多方约稿，尚贤敬师，忠诚可鉴；罗志诚编审汇集、整理、加工、编辑文稿，尊师敬业，深情蕴藉精美文集。盖三人于成书，功莫大焉！我以谬承辛先生所创古农学遗业，且协助校长操持斯事，付梓之际，聊赘数语，意在总结文集大概，使人确知为襄理盛事而尽心尽力者。

是为后记。

1997 年 5 月 5 日

《国学两谭》出版释言

本书以现代学科理念作宏观构思，首先绪论国学核心价值在于十三经，核心学术为传统考据之学，从而形成关于国学之学科的总体和本质认识。继以古典文献学观念，概论国学知识系统，其核心为经史子集四部中之经子两系，四书五经为经部核心所在，诸子百家为子部之硬核实果。据此两谭，即推开国学两扇大门，直观其学问属性和知识体系，以明晰国学的现代学科概况。作者长期潜心古农学与农史专业，由古农书而究诸子农家者流，再从先秦农家深入经史子集各部，全面拓展国学涉农领域。其旨趣唯在恢复创新古农学研究，倡兴这一国学之冷门绝学领域。今当新时代国学知识大普及，各种专题研究日趋纵深之际，强化国学总体概论，无疑有益于初学启迪发蒙之积极效用。该书既为本专业学科建设而作，然更是一本深入浅出的国学读物，与科普国学文化常识，必也良有裨益。

附《两谭》访谈录

（党委宣传部李晓春采问）

校党委宣传部和校团委举办《国学两谭》专著研讨会以来，《两谭》一书不胫而走，校园渐现热读国学风气。为适应校园文化教育新态势和学生迫切要求，教务处筹划拟于下学期开设国学通识课程。面临新学年喜人气象，本报记者专访《国学两谭》作者张波教授，就本书主旨、特色等话题问答如下。

问：本书命名让人耳目一新，您是如何构思而成？

答：书名纯系自然而然，原为两篇陈年讲稿，即《四书五经要领谈》和《诸子百家要略谈》，编成一书称《国学两谭》，以免遣字重复。虽然“谭”有侃谈闲议之嫌，如《天方夜谭》《菜根谭》等，与煌煌国学似乎谐而不庄；然而两副题之谈，道明原是严肃本分的国学常识讲座，体例规范宜为教科书用。正如一位老友帖赞：正题令人惊疑，若惊鸿一瞥；副题则雪泥鸿爪，抓题有痕。后一句诚为知己之言。

古来经学家有“我注六经”和“六经注我”之说，到近世则演变为“我讲国学，还是国学讲我”。《两谭》讲国学固然肤浅，但绝不以国学讲我，绝不做六经注我之学问。若再考镜全书目录结构，即知本书纯任客观，了无私心带贷。

问：绪论部分包含许多独到的国学基本观点，出版推介称由此可知国学之堂奥门径，可否简要介绍？

答：《国学两谭》副题“要领谈”和“要略谈”，虽分别指经书和学派，但二者都不离“要”字。“要”是腰的古本字，不仅有重要之义，还有统揽中体的原本意义。所以与常见的各类国学专论不同，本书具有国学概论性质，且为立足于现代学科理念自言其说。

《两谭》论道的前提是将国学视为古代传统文化大范畴，非为概念、定义、语域等作见仁见智论辩，而是聚焦学科核心价值观和本质性内容及方法。本书有三个基本观点：国学的核心内容为儒学十三经；国学核心学术方法是传统文献考据学；国学核心要籍为四书五经和诸子百家文献系统。前两个观点指明国学内涵，第三点则强调国学外延主脉。因此绪论虽极力规避概念之争，而国学概念、义界却在其中了。至于出版推介说，前者可见国学堂奥，后者可推开国学两厢大门，或许就是这等喻义。

问：《两谭》对农家情有独钟，您曾感发“先秦诸子百家农家者流流落何方”的农史追问，请就此言加以说明。

答：诸子百家大言成百近千家，慎言显世著名者不过九流十家，其中农家与儒、墨、道、法等齐名，赫然并列九流。农家自命“为神农之言者”，是新兴农民阶级代表，学派首领人物许行，时誉许子。农家早期发轫时，有孔子门徒也心向往之；孟子时代更有弃儒学农者。《孟子·滕文公》中有“农儒之辩”，自然是盛气雄言孟夫子占上风，并推演出“劳心者治人”的千古剥削论，从此农家者流销声匿迹，世人所谓不知其流落何方。时至今日，国学家大讲儒家道家孔子老子等，唯独无人讲论许子和农家学说。

考战国末农家著作，无奈散入杂家者流，幸而成为今存最早的农学著作。班固《汉书·艺文志》依据先秦所遗农书目录，首次在正史中列出“农家”类目。历代史书和目录著作保留这一传统，从而记载了古代农艺书籍和作者。古农书沿革绵延直至清末，遂为现代农学教育换代更替。所以广义说，现代农业科技工作者，皆先秦农家在当今新时代的传人；狭义地说，唯就古农书的收藏研究定论，即以古典文献学分派别流，方可言为农家。传世农书现存三百余种，主要流落在几所农业院校，西农居其大半，校勘精研最称卓著，为国中独树一帜之古农学研究室。故地道的农家尚有人在，其流派正是近现代古农学家，代表人物当是辛树帜和石声汉先生。

问：诸子农家与古农学家同为国学范畴，能否解读辛石古农学研究体现的国学核心价值和学术方法？

答：古农学及古医学同为中华学术遗产，解放初国学领域研究尚未全面开展，毛泽东主席号召整理祖国农学和医学遗产，辛树帜和石声汉先生正是在此学术背景下，潜心放手校注古农书，不仅国学界羡慕不已，也获得国外汉学家高度赞誉。

众所周知，在国学古籍文献领域，清代学者自诩无所不窥，号称遍治群书，但由于鄙薄和隔膜农事，沉积两千年的古农书竟无人问津。辛树帜、石声汉先生兼擅古典文献学与现代生物学之优长，故能不负国人众望担当使命，所谓时势造英雄也！

在以《齐民要术》为经典的骨干农书校注工程中，石声汉先生坚守国学核心学术方法，直追清代乾嘉考据学；又与近代齐鲁学人共议农书校注家法，使古农学研究深得国学心法真传。同时，石注农书引入西学哲科思维，兼容现代科学理法，游刃动植物生理生化利器，也是乾嘉时代考据家所不能企及。故而20世纪五六十年代，国学领域辛石古农学一枝独秀，世界著名科学技术史专家李约瑟，称其为中国科技史研究的巅峰，学界赞誉“西北有高楼”，此之谓也！

问：古农学作为国学分支其学术脉络非常清楚，但在学科的设置和建设等方面，如何处理好二者关系，您有何见解？

答：这个问题确实很关键，目前课题组尚在探索之中，只能讲点基本思路。国学是人所共知的传统文化，古农学是一门传统学术，二者都存在传统学问与现代学科对接的难题。虽事属国务院学位办和教育部门顶层设计，但面对传统学问，国家部委也需要依靠科研院校实践经验创新学科。当然国家不会依靠农业院校探索国学归属问题，我们也不必坐等国家确立农业传统学术学科类属。根据办学自主权和本校实际，我校只需把国学纳入教务处通识课程教育，而将古农学置于科研系统管理，即可实现自我发展。《两谭》虽谈到国学学科目录设置内容，但这毕竟是重点文科高校要破解的问题，本书只是做局外壁上观。

然而关于古农学学科性质，则主要依靠我们西农自解倒悬，因为古农学国内外独此一室别无他家。古农学属农、属史、属学、属子等恐怕很难说清楚，而说清了又能如何？离退休处古农学课题组为此可谓煞费苦心。然常言“吉人自有天相”，学术变迁命运何尝不是如此。古农学自清末民初立名以来，百年间三起三落，每次复兴都得到党和国家领袖人物的护佑扶持。毛泽东主席提出的农业遗产整理，使有名无实的古农学在新中国振兴；李维汉和胡耀邦致信关切，使西农古农室两度劫后复生；西农双一流建设关键时期，习近平主席提出传承冷门“绝学”指示，据此前所未有独特的学科概念，古农学属性、归类、学位教育等困惑，均可以非同寻常的学科建设途径破解。遵照习近平主席2016年5月17日在哲学社会科学工作座谈会讲话精神，便如拨云雾见青天，令人不禁撸袖起舞！

最后，还是《两谭》研讨会的结语：道不远人，国学就在我们西农校园！

2020年8月20日于杨陵

《中国农业科技史讲稿》弁言

讲授中国农业科技史课程数过，欲竭力传扬农史界数十年研究成果。主要参照梁家勉主编《中国农业科学技术史稿》，稍及近十种同类著作。梁著集全国农史名流学者，历时八载而三易其稿，成书七十三万言，学界尊为中国农业科技史经典之作。故设科授课旨趣，定位在祖述梁著，主讲梁氏《史稿》要略。语言传道，非同著书立说，不求文从字顺；讲义主旨大要在提纲振目，道明农业科技史要领精义；同时强调因材施教，当随时调整讲稿，增删修改在所难免。多年讲稿盈箧，而形同乱麻蛛网，若天书然。所以令人无法卒读，概因当年气盛，恃矜记忆，有得便书，讲稿文字多不成章句，难为篇什；授课则津津于理论方法，轻言史实本末，史料事例，多信手拈来，脱口而去，无留系统文字备忘存考。学生欲求本始一终亥的教材，竟不可得，思之不免愧疚于心。

张纶教授长期从事图书文献工作，兼嗜农史资料收藏整理，数十年如一日，自诩好为人作嫁衣裳。近年见我专注校务职事，只能舌耕，无暇笔耘，遂肩起讲稿整理编纂之苦役。观其裁剪缝纫之法，首先将历次讲稿纲目排比折中，择善而从，裁制新的体例提纲。然后拼合连缀散乱篇章，乃至只言片语，也予补漏弥缝，细针密线地制作新篇章。其中创意性的劳作，在于增益大量翔实文献资料，使原本枯燥的纲目式的讲稿，若新生出血脉皮肉，令许多大而化之的观点，不致捉襟见肘，方现梁著重文献贵史料之体统。选裁史料多以梁著为线索，或征其书，或引其文，总不乏匠心独运之处，精选细裁的意识和痕迹显而易见。征文多为中国农业科技史的基本资料，从中可感受到农业历史水平、生产方式和农作情态。引书着重提供作者、时代和文献背景，以考镜渊流，辨彰学术。缀合原稿零乱杂碎的文字，增补大量的农书资料，如此编纂成的“述要”，其文字形式和属笔之权，执讲者自不敢冒昧相认了。

通览“述要”自然难免不尽人意之处。其前三章制作手法，显然未达熟练，给人粗枝大叶之感；后四章资料处理，失之不忍割爱，以致有盘根错节之状。至于当今层出不绝的新理论、新观点、新概念等新潮理念，似乎就难以兼顾。故“述要”较少新说、新见、新语言，铸成这个大遗憾，责任显然全在主讲其人，唯待来日修订时匡其不逮。书中附录两篇相关的专题讲座和科普报告，可视为“述要”的别样剪裁，以集约而通俗的形式传递农史信息。两稿基本上是以横向分类的方式，讲述我国农业科技历史成就，推论我国农业的优良传统，可弥补“述要”纵述体例的不足。纵横交织，详略相别，或可给读者提供不同视角，较全面地认识中国农业科技史。欲详知其全貌者，可修读“述要”；欲观梗概者，可阅读“附录1”，可见重大历史成就；欲得要领者，可浏览“附录2”，即知万年中国农业的优良传统。

樊志民教授对改稿编书独出己见，陈义甚高，再三提议保留原稿中的旁注，更加以发挥。惜注文过于质略，蕴义难以再现，终未达其美意。惠富平博士为成书尽心尽力，编制之法多纳其善言，而第七章贡献尤多。结语之际，谨向二位同气君子，嘤鸣相谢！

1999 年 12 月 21 日

《中国当代农业史纲》序言

中国当代史起自 1949 年人民共和国成立，经历 65 年演进，如今仍处在与时俱进发展过程。这种划定当代史的新理念，已是历史学界共识，为约定俗成的史学概念。如此一来，关于中国当代农业的历程，人们以往口头惯称“新中国农业史”，或以“共和国农业史”等称，而今就再也经不起历史学的推敲。既有新的历史概念应时而出，本书立题便名正言宜、顺理成章，亦无须过多诠释题解。抑或到该出本书的时候了，也应该让“当代”二字堂而皇之，见诸农史文献书目之列。

人曾献疑与我，从事古代农业史研究数十年，何故老来染指当代农史？其实也是自然而然的事情，常见现代科学工作者，晚年喜究本专业历史；同样历史专业者，最终也会回归现实，观察思考现实的意识，似乎更为殷切。历史是现实的镜鉴，那么现实就是历史的写照；惯照镜子的人，往往也喜欢看照片。所谓究天人之际，通古今之变，恐怕也包含从现状反溯沧桑史变的逆向思维。另外还有个自我感觉，当代人作当代史，身心会不由自主地投入其中。特别是四十年代出生的农家子，记事就从新中国起始；当代的流年岁月，农村的往事细故，共和国农史全程，无不历历在目。记得20世纪90年代初，窃意便对当代农史重要地位有所反思，曾不自禁地发文表达心得观点："当代农史——中国农史研究的制高地"。论为唯有搞清当代农业历程，才能获得会当凌绝顶的境界，研究古代农史与未来农业前景就有沟通对接的可能。大约昔日蓦叫声中，已不自觉地萌发编写当代农史著作的念头。然而事关这样巨重命题，自揆精力和时间均有所不逮，必得新锐少壮助力方能成就。于是决计纳入博士教学计划和学位论文选题目录，欲借研究生培养工作，因材施教，教学相长，师生同心同德共襄一著。

江小荣、陶艳梅博士，正是多年教学相长的两位女弟子。学位论文题目立为《中国当代农业史研究》，划分共和国初立三十年，为陶选题；改革开放三十多年，为江选题。两大时段二君分而治之。江、陶本科专业分别为法学和经济学，令人欣慰的是俩女君子深明选题大义，不避举鼎绝膑艰险，愿为中国当代农业史奋力拼搏。嘉其勇毅，勉其志趣，特为二人编写数万言专题讲稿，以弥补其当代乡情农事知识和史作方法要领。单兵教练，耳提面命，计来已是十年前事了。

博士论文以论为主，颇不同于述而不作的史著，无奈只好先为论文，等待博士学业完成再编写著作。学位论文运用以论带史研究法，旨在论证当代农业发展重大规律问题；然大纲设计却不得不考虑继后史著要求，必以历史发展阶段为基本结构设置章节。这样论文就难免变成论证各个阶段农史问题，缺失对于贯通全史和跨阶段重大问题宏观思路；同时这种既瞻前又顾后的指导，不无抵牾和纠结之处，无疑给学生研究和写作陡增困难。感佩二女君坚韧不拔，窃喜她们的悟性聪慧，在指导者并非理性的苛求下，按博士学位论文规范，优异地完成规定学业。事后细审论文的优长：一是当代农业阶段划分颇为到位，为史著总体结构奠定比较踏实的基础；二是各阶段重大历史本质特点认识比较清晰，不乏分条析缕和理性表达；三是提纲挈领的特点尤为显著，似乎编写成史纲更为妥当。有鉴于此，斟酌再三，最终决定将著作题名为《中国当代农业史纲》。

正式进入史纲编写过程，同样煞费苦心。首先是全书大纲重新调整，基本框架虽未大改变，文字用语由论文转为史纲，则必须全面更新；各层次标题必经全面修订，才能合乎史纲体例风格。其次，最大的编撰工程还在史料的扩展深化。论文以长篇大论为能事，所容纳资料毕竟有所限制，然而史纲属于历史著述，仍然要靠大量史实事件说话。为此再次投入资料的搜集梳理，历经两年多才付诸属笔，实无异于又一次论文写作。漫长而曲折，不无艰辛与委曲，本书成作过程大致如此。

再说史纲，简言之，即史的纲要，历史之大纲要领，提纲挈领而已。史纲不同于通史著作，史著卷帙浩繁可见全史规模，欲读完整丰富的当代农业史，必然要读全面的记述类著作。然而史纲也是常见的历史文献体裁，且自有其独特体例形式，学术品位也不可低估。史纲便于提纲振目地展示农业发展历史脉络，把握重大农史事件的要领，可执简驭繁地认识农史逻辑和发展规律。自惭形秽的倒是若按史纲学术要求，本书名为史纲，而实未达于规范，与史纲的体式笔法尚有不小距离。其中的原委，除本人学养所限，上述曲折的编写过程也有客观制约和影响因素，这正是序言喋喋于表白成书经过的缘故。

关于全书前置导论问题，也的确是欲论在先，以为读导。导论首先针对当代农业史释疑解惑，令人亲近这个新的历史概念，坦然顺畅地领略当代农史领域。导论主旨着重从纵横两方向论辩全书的思路，提领起当代农业发展的经纬大纲，以见纲举目张之效。横向导论将当代农史划分为九个阶段，以代表性史件为主题，议论各时段农史背景因素和重大事件本质所在。纵向导论则提领出贯通当代农史的七条经线，即主导和影响农史发展的几个最重大的问题，论证农史发展的深层结构和内动力因素。纵横提示，以见当代农史经纬；强言导论，又置于全书之前，主观意识在所难免。然而史学著作贵在客观，流弊也在纯任客观，刻意地掩饰笔者主观思考，未必有利于把握史著的本质和要旨。再说当今设置导论的学术著作，已屡见不鲜，各类学位论文已成体例规范，其将广为传用也只是时间而已。导论既可直述选题的意义和著作的思路，概述全书的基本内容及核心要义，又可表白正文中不便论述的种种问题。本书正欲将主观思考和客观表达结合起来，人与文互相感应，或使读者轻松愉快切入题目，准确深入理解全书主旨大意。史有规律，文无定法，本书何妨作一番强化导论尝试呢?

按照序言常例或个人以往习惯，自序总以介绍本书内容和特点为要务，现有了导论的设计，此类问题皆可置之其中从容论说，毋庸序言赘述了。序末唯要深谢关注本书诸多师生，多年期盼、勉励、助力不一而足。特别是学校科研部门的领导和图书馆同事，其情更为殷切，拳拳之心，亦本书之幸!

附《结语》

告结本书之际，自然会遇到读者对历史著作常有的两点诉求：其一，当代农业史从何说起，65 年农业如何一言以蔽之？其二，中国农业今后发展的前景如何，未来农业将何去何从？

关于第一个问题，这里回答从唯物史观着眼，据农业生产方式演变考察，即从生产力和生产关系两方面认识，或可得中。就农业生产力演进看，这 65 年是传统农业生产力向现代农业演进发展的过程。当代农业从旧中国遗留下的牛耕人作传统农业起步，发展到今天工业化和科技进步为主导的现代农业生产力体系，正是其发展的动态历程。这是人类物质生产和社会文明进步的必然，也是共和国农民群众主体力量及综合国运的体现。检阅当代农业生产力发展的辉煌成就，包括农业动力工具的推陈出新，水土基础设施的日新月异，农科技术研发推广的更新换代，农业经营管理及产业结构的调整升级，农政资金投入和社会服务的强化完善，农教科研培训人才的辈出群现，农产质量品位和产量水平的历史新高，等等。所有这些历史成就，无不蕴含着传统农业向现代农业进化和创新的脚印。当代农业生产力的演进历程，深深地铭刻在这条农业现代化的道路上。

从农业生产关系方面看，新中国社会主义制度选择有根本意义，从而决定了农业所有制的集体公有关系。这 65 年农业经济和农村社会关系的总和，始终立本在农村集体公有制的磐石之上。共和国经历的改造、建设和改革阶段，赓续递变而不离其宗地维护着集体公有的根本制度。合作社、公社化、承包制、规模化经营、新型城镇化等制度性改革，无不是为了探索集体公有制度经营臻于完善，以利于农业大规模社会化生产，又能调动农民承包经营的责任心和生产积极性。数十年来，关于互助与合作、冒进与跃进、纠左与右倾、“文革”与治乱、改革与保守、姓资与姓社、市场与计划、公有与私有、竞争与公平、腐败与反贪等，所谓的政策路线之争，实质仍在于维护社会主义农业所有制的核心。当代农业史实表明，这些争议或以街谈巷议、学术争鸣、政治协商形式出现，或以政策激辩、公开批判、激烈的阶级斗争等方式交锋，然而农村生产关系从未脱离集体所有制基石，农业与农村工作始终行进在社会主义道路上。总之一句话：农业生产力的现代发展之路，农业生产关系的社会主义之路，就是中国特色社会主义农业现代化道路，这正是当代中国农业65年的历史进程。

关于第二点的回答是：未来中国农业前程似锦，农业现代化的道路越走越宽广。当代农业走上现代化的道路，虽然其步伐仍然稚弱而不够坚实有力，目前仍有许多体制机制障碍而不能大步迈进。然而必须看到艰难困扰中并不存在社会制度性障碍，国家始终在政治特别是农政层面大力推进农业现代化。今日治国理政大政方针和奋斗目标，明确为新型工业化、信息化、城镇化和农业现代化同步发展，新型“四化”中农业与其他方面关系最为紧密，形成科学的统筹发展关系。在国家创新驱动的战略思想指导下，现存的各种体制障碍均有了破解的思路，特别是土地政策这一根本制度，经多年的探索终于找到正确途径。土地的集体所有权、农户承包权、经营权“三权”分置，且以法律的形式得到巩固，困扰农业发展的社会大生产的问题，从根本上得以解决。这是继解放初土改、农业合作化和改革开放承包经验之后，又一次创新性土地改革。从而使农业生产方式转变，农村产业结构调整，以及新的生产技术推广和经营模式创新，随之而发生连锁式转变。新型城镇化和农村社会改革也将同时加快进程，中国农业、农村、农民的现代化是历史的必然。

最后在展望农业现代化未来美好前景时，不妨顾望一番悠久的农业历史，让历史回应当代农史何去何从的问题。农业是人类文明开创的第一产业，经历了近万年的萌生和发展道路，主导着人类物质和精神文明的进化。直到近代数百年才从农业社会的手工业和商品交换中，催生出现代工业和商业经营，形成后来居上的第二产业和第三产业，从而进入工商业主导的社会经济，即今人所称道的工业化社会。在当今产业的关系中，主导社会经济发展的虽然是工业化、商品流通和服务业，但农业却关系着食物生产，始终处于基础地位。这就决定现代新兴的二、三产业必须支持传统的第一产业，谓之“反哺农业”，也是工商业自觉担负的历史使命。除反哺关系外，工业化和现代科学技术对农业生产手段，还进行全面的改造；商业服务业，也全面的改进着农业的经营方式，传统农业从而发生了脱胎换骨的演变。这正是我国当代农业所走的现代化道路，也是世界发达国家走过的、发展中国家要走的沧桑正道。显然未来农业现代化之路，绝非淡化削弱农业，而是进一步强化创新农业的发展。随着社会和科学技术的进步，未来农业生产方式将与时俱进，农业保障人类食物生产的功能和地位无可改变。这正是我国传统“民以食为天”，当今“重农固本”的治国纲领，所遵循的必然历史逻辑和理论依据。现代化是人类共同发展的道路，社会主义制度确保着我国农业在这条康庄大道上稳步前进，现代农业美好的愿景可望可及。

2014 年 5 月于不可斋

《凤岗随笔》序

我与安宁同志共事多年，为人奉职的心性和见识，颇有相通之处。安宁近以《凤岗随笔》见示，并嘱为序引，此先也曾多次交谈著作的旨趣。我知其人，知其书，又知其所写皆西北农大逸闻旧事，故不敢以不文无暇之言推辞，反而萌生为同僚、为斯书、为老校，必也为之序的自信心，乃至蓄酿成一种责任感。

安宁《凤岗随笔》设置“人物篇”，其实他就是位当列传于篇中的人物，且不乏传奇色彩。安宁为西农子弟，杨陵土生水养，虽受良好的家教庭训，然以“文革”之故，命运不公正地将他拒于大学之外。参军五年复员时，命运又不无公正地把他转业到高校。回到西北农大后，即供职于校办，从洒扫庭除、收发公文做起，历任秘书、主任、处长、校长助理，以至于副校长。先后侍奉辅佐康（迪）、万（建中）、张（岳）、荆（家海）、张（宝文）等五位校长，凡二十年卓然立身于西农行政首署，一步一个事业脚印。安宁还留下另一道学业脚印，同样发人醒目。他不离职守，学而不已，干中学，学中干，才干大进，学业也大进。膺之于学历，则达大专，而本科，而硕士研究生，进而赴美国爱达荷大学专攻高教管理学。两行足迹，互相印证，成功的荣光道路显而易见，成才的艰苦心路更令人感佩不已。

安宁擢副校长职位，实属师生众望所归，诚为西农校心所向。他对学校人事物业了若指掌，知之爱之惜之如家珍；教职工对安宁也深信厚爱，视为亲子兄弟挚友。为人虚怀热情，然规矩原则固不可移；作风精明干练潇洒，又勤谨笃实一丝不苟。若概论其副校长功绩、行政特色、管理要术等情，作为深知斯人者，我以为仍为“安宁”二字。在保障学校的“安泰宁靖”运行中，表现出独特的才能。安宁的职事广杂繁多，机动性很强，自称为“不管部长”，实则他置身学校日常复杂的矛盾事务之中，所谓疑难病症多经他一手处理。统筹管理能力极强，堪称协调高手。党政部门间的横向联系，校院系间的纵向联络，以及纵横关系的交织，皆能像整治乱麻一样理顺，再织网般结构成有机整体。处理问题敢碰硬，也善于示软；无原则的事，能大事化小，小事化了；事关大局，却能见微知著，小题成就大文章。当然，安宁并非完人，序言只是负责任地评论，他确是一个给西北农大带来“安宁”的实副其名的校级领导者。

《凤岗随笔》其书，并非随心所欲之作，“随笔”只是谦辞而已。我读罢掩卷细思，深感从形式、内容、宗旨诸方所隐含的非随意性，有必要进行一些认真的解析。全书奠定在坚实的文献资料和真切的事实基础上，其中大量取诸学校档案文库，许多事属人耳或亲身经历。因此《随笔》体裁近于“实录”，传扬于现代，可取信于人；逸闻于后世，则为真实史料。《随笔》异趣于记事散文。也不同于人物报告之类文学形式，虽然这是专业性限制，也是一种执着的自我选择。所记真人实事，所发真情实感。采用这种朴实无华文体，吻合于校园流行的言语风格，适宜西农传统的人文环境。《随笔》所记内容有史、有实、有趣味，关心西农重大历史者，欲知西农大昔日某事详情者，或欲全面研究校史者，必然不忍释卷而十分珍重。近七十年的国立高校，历经风雨沧桑，建校初始和早远之事，几度校史编写班子孜孜以求，常感难得其细节全貌。《随笔》有关篇什散记大量确切史实，均得之于历年校发公文之中，若能举一反三，数十年学校发展轮廓，便可了然于心。《随笔》纪事多为身经目睹之事，有些曾成为热点舆论传扬，然街谈巷议既久，难免添枝增叶，甚或以讹传讹。今事过境迁，由熟知校情故事的安宁副校长，公开旧事原委，可以去伪存真，正视听，明事实，益于校史资料整理建设。学校地处关西人文名胜之地，建校数十年，人才辈出，《随笔》名流人物的专篇虽不算多，而零散于全书的人物事迹，仍然熠熠闪光。伟人名师外，许多普通教师干部名字也活跃在书中，且凡普通人物，大都有许多发人深思的趣味之事。例如《部长“打官司”》所记西农大宣传部部长与武装部部长，为部门利益争执于大庭广众，矛盾冲突之中各显其能，读罢忍俊而思，实在敬佩当年中层干部的敬业精神。争论中见协调，冲突中见民主，部门事见全局，如此有趣的现象，竟然由文武两部长戏剧式地演绎诠释了，实在值得品味赏读。

关于本书的初衷和宗旨，安宁与我曾多次促膝相谈，颇有共识。主要观点是：第一点，凡知名学校必须有相对悠久的历史，辉煌的校史遗产是宝贵的办学资源，应该大力宣扬校史，继承优良学统校风，以图创新奋进；第二，盛世修志，改革开放以来高校史志编纂蔚然成风，近年高校更出现各种记人叙事的回忆性著作，形式生动活泼，师生喜闻乐见，可与校史校志相辅而行，共同颂扬高校的历史文化；第三，我校有着颂传名人逸事的文化传统，成为校园文化重要组成部分，可惜多为茶余饭后的谈资作口耳相传，很少提升为文字形式的资产。“言而无文，传之不远”，学校历史性文化遗产如何开发光扬，形成文字和音像形式的现代媒体遗产传世于后人，《凤岗随笔》欲现身说法，这也正是本书的宗旨所在。

序言之末，关于书名中“凤岗”之义，似有必要再加以说明。学校前身西北农林专科学校建于渭水之北的黄土台坡头，邻近有一村庄名张家岗，论地理系岐山之阳古周原的余脉。相传周初有“凤鸣岐山”之祥，近年有斯文好事者据以联想，称学校所在地为“凤岗”，这倒也不失风雅，现在校内书面语言中比较流行。这个概念有传世的可能性，因“凤岗”二字音义优美，且为这所优雅美丽的校园，引申出一个不无创新意义的典故。至于若干年之后，能否约定俗成一新地名概念，当是未来历史地理学家幸遇或难遇的课题了。

2002 年 9 月 3 日于不可斋

《问稼轩农史文集》序

樊迟问稼，孔子直斥为小人而大愠不已。这桩千古学案明载于《论语》，后世学者非孔或非樊，主张劳心或劳力，称道君子或小人，聚讼纷纭而莫衷一是，致使士人学子欲问津农事常心存历史余悸。

樊志民教授当年以史学名校高才生之资质，卜居杨陵后稷教稼故地究研农业历史，立斋树帜直号“问稼轩”以鸣心愿，颇具樊氏先贤当仁不让于圣人的风骨遗韵。我奇其志，敬佩樊君舍身于功名利禄毫不相干的农史领域，更惊异其发思古之心如此深悠。于是相引为同气君子，许为忘年学术之交，迄今已25年即四分之一世纪了。

樊教授近以农史论作裒文结集，将斋号命入书题行之于世，显然是思之再三而饱含深情的考虑。文集中总录文稿50余篇，凡作者现阶段学术论作已大致囊括，唯惜其代表作《秦农业历史研究》限于收录原则未能入集。然以我之见，阅读者也不必过分为之遗憾，若就见识樊的文史才能而言似乎无伤大体。盖因樊文最大特色在其“精”：精致、精辟、精彩、多精品。樊为文的家法是陈言务去，绝不自出粗制滥造之文字，力主篇无废段，段无废句，句无废字。我曾在几次关涉樊学术水平评价的重大场合，提议对此人无须过多推介，评委们只任择其一文，任选一页，任读三五行文字，便可作出纯任客观的评定。记得每次大评结果，数十位评委对樊无不心悦诚服地得出共识认定。农史学子闻听此事大为怪异，有二三子屡请阐明学读樊文之门径，今日得缘一并论之。

我以为赏读《问稼轩农史文集》要领有三：其一，遵从传统史学标准，综合品评作者农史功力。樊确有农史才，古代史论家所谓的“史家三长”——史才、史学、史识，樊兼三而有之。传统史学研究讲求笔下功夫，樊更将三长凝练于文字之中，自成独具一格的学术表现力。故阅读樊文，虽三言两语，其才学识跃然纸上，评论者皆能心领神会，认可樊文者大率如此。其二，考究樊学术思想方法，提升历史思维能力。所谓历史思维，即认知事物时间维向演变过程的思考。简而言之，若一史事当前，先求其过程性，继而求阶段性，而规律性，而镜鉴性，最终达于历史与逻辑相统一认识境界。樊历史思维意识极度强烈，凡事必求本末，善于历史与现实结合性的思考，故常推陈出新，从历史文献中活化出有现实意义的概念、语汇和重大认识。其三，涉猎丰富农史知识，提高历史文化修养。樊学术视野极为开阔，选题涵盖农业技术、经济、文化各领域；崇尚论从史出，长于实证性研究，故读者在领略其学术观点时，可获取大量史料和农史文化知识。

文集后附作者跋文，自述问稼艰辛历程，倾谈耕耘不辍的学术心路，执着、勤奋、苦斗尽在其中，读后令人荡气回肠。常言道“文如其人”，或可道“人如其文”。我曾深思过“文风”与“人格”关系，冒昧提出“人文感应”命题；今复验于樊跋，人文相映，风格统一，“感应说”理当成立。樊为文也精，为学也勤，为人则君子也。

古者樊迟问稼，获小人罪名；今樊氏后人有问稼者，却大得君子声名，古今之变何以如此奇妙？“问稼轩”本身岂非一道农史命题，二三子可有意乎？

樊教授嘱为序引，我与其同室共勉数十年，自然有感而发，立言为序。

2005年8月于不可斋

《中国古代农业教育研究》序

孟子曾疾发反诘之论：“读其书，不知其人，可乎？”近世有追随者更言：“知其人，不读其书，可乎？”我赞同“书人互见”的认知方式，欣赏二者辩证精妙的表达，引以为论书评文的基本准则。张景书教授嘱为本书撰序文，孟夫子充满浩然语气的说教言犹在耳，我自然应当序书序人，二者不敢或缺。

本书为景书博士学位论文，后经推敲修订反复再三，今日终于成著以行世。我作为专业农史者与兼业农业教育者，因本书刊行而由衷地引以为幸：引为农史学科之幸，引为农业教育学之幸。

人所皆知，农史之学于今已蔚为学术大观，农业教育更崛起为热门领域；然而两大学科交叉地带，多年无大建树，高水平支撑性学术著作千呼万唤，长期阙如。今日景书之书面世，无疑可视为中国农业教育史之铺砖垫石之作，开农业教育史风气，作者确乎有不期而成的创通之功。我曾参与过原文开题论证以至学位答辩全过程，近日再次细阅作者历时两载修订之书稿，坚信此书可当农业教育学科教材，可列农史研究生参读书目，可以广普传流于农业教育领域。

我所以执意推介本书，要在其体例有匠心独运之处。古人云“文贵得体”，强调文章著作必合乎章法体例；本书不仅合章得体，且颇得创新之体。全书体例显然为纵横立体结构：横向体系共三章，以理论思维形式展开，全面论述古代农业教育之概念、对象、性质、特点、内容、途径、方法，以及现代启示等，实属以教育学体系揭示古代农业教育基本内涵；纵向体系有五章，是以历史思维展现农业教育发展全历程，精确划分出先秦、两汉、晋唐、宋元、明清五个历史阶段，论述了古代农业教育起源、形成、发展、完善乃至极盛期的演进规律；另外，在纵横体系结构之中，则以古农书为信实资料述论记史，其法是再次以教育学系统将不同历史阶段古农书逐一扫描，分析其中农业教育史实及教育思想。全书浑然一体，结构天衣无缝，是本书独具特色之处。

本书体例创新意义，显然在于将古代农业教育之“理论、历史、农书”三者融为一体，构成“论-史-书”三维体例。这种三维体例既是宏观、博大、开放的结构，基本上勾画出古代传统农业教育的范畴；同时三维体例也是一个精确、务实、致用的结构，足以引导专业学子登堂入室，步入农业教育史学科新领域。如此结构之下，再加景书文字功底深厚，讲究文章结构及形式之美，使书之品位及观览阅读性大为提升。凡此种种，恰是开拓新领域学术著作所具备的基本品质与价值取向。

关于景书其人，乃至于其言其行其德，历来颇有口碑。如今本人已调离原校，为论者其言也善，其情也淳淳，持论也更加平实。若归纳舆论共识之见，我的概括是：景书为人有温良之德，有亲善之心，有和谐之能，有成事之才。一言以蔽之，可谓“温德之长”。

古之学者凡论人格道德，必依据履历事实，重在评价业绩功德。景书本专业为政治教育学，立业于高校马克思理论教育，数十年间根基深植讲堂而舌耕不辍，无论行政兼职或攻读学位，从未须臾脱离三尺讲台。自言教师以传道授业解惑为天职，当以课堂教学为能事。景书事业之另半为高校教育行政管理，是同龄教师中最早进入学校党政系统的干部，且长期居于要重部门负责重要职事。自擅政教专业之长，凭借自身文化修养，故能辅佐、协调、运筹于党政两办，上情下达，左右逢源。景书近已擢升为某大学校长，民意公认为当之无愧，大约是对其行政生涯前阶段的客观结论。关于景书社会科学研究，精力始终集中在农业教育史领域，翻检其多年前发表的有关古农书学术论文，便知景书对社科研究也在苦苦追求，成就此书实为长期铢积寸累的科研结晶。总而言之，教学、行政、科研三大事业，景书皆尽职尽责，以求兼而为之；

尽心尽力，以求兼而能之；尽善尽美，以求兼而成之。景书多年之事功，大约可如是说。

我与景书家乡相距不过十里之遥，可谓有故土之亲；现今一楼而居同门出入，有比邻之助；多年同心效力校务且性情相投，有同事之谊。然而内举不避亲，荐文不避嫌，本诸孟夫子“书人并论”之教，出于对作者其人其书的真知自见，以及对欲读其书知其人者的真诚负责，我竭力纯任客观地为此序引。至于评介观点之得失利病，过犹或者不及，则冀望深知其人其书者指正赐教，我将不胜感激之至。

2005 年 9 月于不可斋

《当代中国农民职业教育》序

本书是作者陈遇春在博士学位论文基础上，进一步修订出版的著作。在论文答辩中评委们已给予充分肯定，嗣后又吸纳了他本人主攻的两项教育部和农业部相关项目的研究成果，使得全书内容更加充实。当前中国农民职业培训高潮涌起，但愿本书能为今日农民教育之浪潮推波助澜。

记得作者在开题和立项论证中的几个基本观点，令人耳目为之一新，至今发人深省。其一，认为农民教育当列入国民教育系列，农民职业教育应以“职教法”为准绳加以规范。姑且勿论观点是否严谨缜密，这种为农请命，为民争利，为天下弱势群体谋取教育权益的火热的少壮心声，已经感人肺腑了。其二，认为“农民教育”也是与时俱进的概念，曾经历过读书识字的文化教育和农业科技教育两个阶段，而今已经进入到以生产、生活、生态知识为内容的现代农民职业教育时代。这种敏锐的观察和明智的判断，既得于对国情教情的宏观的思考，更有大量实际调研证明农业经济和农村社会对农民职业教育的迫切需求，从而构成开题和立项的实证支撑。其三，认为农民职业教育必须按照教育基本规律建设和发展，决不能把农民职业教育的过程简单粗放化。为此，作者擅其现代教育学之专长，全面提出了农民职业教育的施教模式，倡导推行教习传授的科学手段和方法。

当时作为评议者我自认为，以上三个观点都包含着一定的创新性见解，而且这三点中只要提出其中任意一个观点，都有立题研究的必要性。现在看来作者基本上实现了既定的研究目标，从心理上完全可以满足立意时的初衷了。因为作者为此花费数年的心血，终于以著作和项目报告的形式，充分论证了他的三个基本观点。当然，总体性地综合评价项目的最终成果，还在于首次展示出一个比较系统的中国农民职业教育体系，其中包括农民职业教育的概念、理论、结构、模式、管理体制和制度保障等系列内容，这对解决当今农民职业教育中的现实问题，以及按照教育学的科

学规律建设农民教育新学科，显然不无参照或指导意义。

作者陈遇春博士，现为西北农林科技大学教授，曾长期在农业高校从事教学管理和农业教育研究工作，本书实为多年实践和研究成果的积淀。陈博士早期曾师事著名教育家上海师范大学薛天祥教授，而后结合农业院校教学管理工作，开展农业教育理论研究，长期活跃在我国农业高等教育研究领域。今陈已届四十不惑之年，正值精力充沛的科研创造期，冀望能以更为成熟的学术境界审视本书与既往著作，不断地否定之否定，不断地精益求精，在教育研究领域取得更加丰裕的硕果！

2005 年 8 月 21 日

《职业农民培训研究》序言

在农村产业剧烈分化，农民纷然入城谋生的时势之下，疾言职业农民新概念，鼓呼农民培训新教育，无疑是一个富有时代新义的命题。

大凡深思“三农”问题者，几乎都看到当前农村务农人的思变现状，也会逻辑地思考未来农村从业人的新境界。正是基于这种战略思维，研究者的目光，正聚精会神于农村新涌现的精干的农业劳动力群体。

从这种意义上确立职业农民概念，显然是非常现实也很超前的语境和视阈。

新兴职业农民队伍何以起家，何以发展，何以统领将来高度现代化的农业和农村社会？本书命题昭示了一道清晰的思路，也揭示出了职业农民的本质所在。即通过农业科技培训教育，造就出完全依靠现代科学技术知识装备，从事农业生产和农业经营活动的全新的职业农民。全书正是围绕这一主题思想，比较全面地分析论证了农民培训的现状、应策和实施路径。同时有关农民教育的理念和教育学的方法，也无所不在地渗透于字里行间，这自然也不乏值得称道之处。

中国农民教育自民国时期进入现代教育阶段，萌发了综合的农民大教育思想，包括农民的文化教育、思想教育、政治教育、科技教育等。农民教育在20世纪三四十年代都有所倡导和尝试，新中国成立后农教始有举国普及意义。上述各类教育在新中国先后成为农民教育的主要内容，构成现代农民教育发展阶段性成果。当前我国农民教育又进入新的历史阶段，其特点是以培养现代职业农民为教育宗旨，以科技知识培训为施教手段，称之为职业农民培训，颇能体现新时期农民教育的基本特征。若能从中国农民教育演进历程观览此书，便不难体味出职业农民培训在教育史上的意义，也不难理解选题包含的创新之意。

关于本书作者赵强社博士，读罢掩卷便会领略一二。全书从体例结构到章法文字，概不出学位论文的规范，透露出本人经履过研究生教育的学历背景。再细读文章内容例证和表述语气，也不难判断出本人丰富的农村基层工作积淀和政策研读能力。我所接触的赵强社同志，正是这种“读与干”“学与养”二者兼备的地市干部。最深刻的印象是其年富力强，勤于学习，善于思考，敢于担当又勇于创新的干将。书末附录有关“三农”的系列短文，似乎也可见其为政之优长。在结束这篇短文时，冀望强社同志在“三农”工作实践中，继续不断地学而思，思而学，成为新时期一名确有“强”势的优秀干部。是为序。

2005 年 5 月 5 日

《农民生活方式现代化》序言

适逢改革开放四十周年，举国上下同为共和国不惑之岁祝颂之际，有鸿篇论著献礼，自必有正能量益于读者群体。为民生之计者，古多志士仁人；今以农民生活现代化立题考究者，必兼备悯农大爱之良知。史向军教授课题组成此专著见示，并嘱为序引，恰是致贺与学习之吉遇，故不揣冒昧，聊作刍荛语。

本书谈民生问题，难能可贵在于不乏理论思考，这是初阅全稿后较为深刻的印象。生活一词，妇孺皆称，直白而言，人之生息活动不就是生活？然题论生活方式，就有了范畴和理论意义；进而研究农民生活现代化，命题即刻鲜活而有了理论与现实相结合的色彩。著作本属实证体例题材，理性思维也贯穿其中，从而使淳朴农民生活充满现代理念气息。论题伊始，引经据典，首先厘清农民、生活方式、现代化等基本概念，充分地揭示这些常语的定义和科学内涵。生活方式是全书核心所在，作者首先祖述马克思和恩格斯关于生活方式的科学表述，直归之为历史唯物主义的范畴。继而综述马恩之后国内外思想家生活方式的论作，罗列不同时期代表性的观点、理论和学说。特别是就近年我国学者农民生活方式研究成果，进行较为全面地征引，并作出符合国情实际的分析，在此基础上形成综论部分框架必也坚实。主要章目分别为劳动方式、消费方式、闲暇文化、婚姻家庭、价值观念等五大系统，完全契合于农民生活方式的内涵和结构体系。同时以此命题为农民生活方式现代化的分支论题，自然具有坚实理论基础与合理的逻辑结构，所以对全书的纲目格局应给予充分肯定。

农民生活方式现代化是本书主题思想和论证中心内容，综合篇和个案调研篇围绕主题中心论述非常的给力到位。现代化是随同工业化进程发生发展的社会变革，共和国初期“一化三改”中就开始起步，当时农民劳动、消费方式尚无明显变化，但在婚姻家庭生活和当家做主的政治价值观方面，却发生了翻天覆地的历史巨变。在后来漫长的集体化时期，随着国家工业发展特别是农业机械化大力推进，农民劳动方式迈出了现代化坚实步伐，为农民生活方式的全面转化奠定了生产力基础。本书以改革开放为农民生活方式现代化的新起点，将中国农民生活置于世界范围以国际化视野研究，选定这个历史节点确有划时代意义。改革开放40年中，农民生活方式现代化也有明显阶段性。首先是家庭经营方式改革，主导农业劳动方式大变，从而为农民生活全方位现代化奠定了生产关系的基础。同时以20世纪90年代市场经济体制确立，为改革开放以来农民生活方式现代化的关键时期，确是一个很有见地的判断。市场经济打破了计划经济和家庭自然经济的束缚，倒逼农业产业结构调整、产业化改革、劳动力的转移，加之国内外市场的开发，农业和农村经济完全进入现代化轨道，为农民生活方式现代化铺平道路。在新世纪初亲民惠农科学发展观指导下，以新农村建设和城镇化统领“三农”工作，农民生活方式的现代化脚踏实地全方位统筹推进。新时代继往开来，提出建立富强民主文明和谐美丽的社会主义现代化强国，为民生作出百年大计，倡导科学、文明、健康的生活方式，中国农民生活方式现代化随着两个百年奋斗目标的实现，必将梦想成真。

回顾并展望农民生活方式现代化道路，艰辛而富有成就，曲折而终归坦途；展望未来任重而道远又充满愿景，天时地利人和似乎是历史的必然。然而唯物史观提醒人们，历史是人民群众创造的，在中国更离不开农民百姓的创造力。近代中国革命、建设、改革、圆梦大业，以及工业化、集体化、市场化、城镇化、乡村振兴战略等，哪一项不是以农民为主力推动？农民生活方式现代化固然是历史发展给农民带来的福祉，而农业和农村社会历史又是农民所创造。所以根本结论仍然是农民的好日子，仍是农民自己双手创造，农民生活方式现代化本质上是农民自己走出来的康庄大道。这个根本观点蕴含书中，读者细察深思便心知其意。

序末惟愿读者们能关注这本书，也祈愿有更多的专家来研究农民生计问题。

2018 年初夏

《人丁为本农业税研究》序

兹书以“人丁为本”命题，从头至尾紧扣人丁概念，始终不变人丁计征的视角，执着地考察研究农业税制历史演变，抑或有独特的拾遗捡漏之功。古代农税之征，不外以地亩、人口、家户三种基本计征形式，不同课征物税法之手段各有利弊，历史上无疑都是共存并用。本书以主导性税制立义，先把历代农业税划分为不同类型阶段，并明确晋唐时期是人丁为本主导税制，且臻于成熟时段。由此上溯人丁税之周秦渊源，下明唐清流变，直至新世纪初共和国农业税之终结，思考路线也颇为宏观清晰。

这个思路，确有值得刮目之处。通常人们论道农业税，多为计亩而征，占多大地缴多少粮而已。然而魏晋以来五六百年战乱间，土地荒芜，户籍失散，税赋之征唯以流落田地实际种植的力丁计算。正是长期战争历史条件下，人丁为本的农税制度才得以全面推行，所以强调研究中古这段税史，是很有学术意义的选题。关于人丁税的制度体系，诸如征税科目种类、征物结构、课税方式等细节，以及相关配套政策和制度，也都作出了比较系统详尽的论述。因此，原稿作为博士学位论文，达到开题既定的目标水准；现再加修订补充，《人丁为本农业税研究》终得付梓出版。

本书作者谷小勇博士多年修习农业经济史，于中古农业税用力最勤。人丁为本税制是在其研究租庸调时，渐悟人丁制对唐代税制和田制改革巨大的前提和背景意义。唐宋以降大行田亩为本税制，并不断强化至清代达于极致。这是中国税制发展的历史趋势，大概也是世界税史走向资产为本的共同潮流。对此深层次问题，今后尚需进一步揭示。关于新世纪中国农业税的终结，是一个复杂问题，绝非人丁制这个课题可以全面回答，应该另当别论。敢望作者再成一专著，以飨读者。

2011 年 11 月于西安

《子长张氏族谱》序

古来太平世事，属为史文者三：治世纂史，盛世修志，承平世久，则家族谱牒遍地著花。通观共和国历程，史、志、谱三乘顺序时兴，乃历史规律也。今当国富民强新时代，有《子长张氏族谱》献世，天时地宜人和之气象焉。融融然，族聚礼一张老四门，血亲二千三百余口，实安定张氏全族之福照。洋洋乎，广集县域十五村寨，凡张姓四百余户，诚陕北谱牒之大观。

华夏张氏，皆黄帝轩辕氏苗裔，古号中华之大族贵姓。沧海桑田五千年，现仍居百家姓前三之尊，海内外后嗣凡九千近亿万众。考张氏世系源流，史籍不一而足，而探本寻根，盖不出今冀晋两省地。前者多为清河郡望，得姓始祖挥公圣地；后者常系太原郡望，为春秋晋大夫解张以其英名得姓。张氏之姓尚矣，大凡冀晋所出，皆上古贵胄可知也。

子长县张姓，古宗安定礼一张氏，源出明朝山西境，传大槐树移民潮年入陕。五世祖张再朝公，清初顺治廪生以书法名世，以“神写”誉冠陕北，事载道光《安定县志》，入《子长县志·神异志》。借方志文献考索，安定张氏世系确凿无疑，知始迁祖为明季张和公也。遂后十世失谱无书，然有笃敬堂宗庙聚族认祖传统，兼之石宫寺旁张氏祖坟祭扫纪念习俗，凭族人故老口耳相传，凡五百年十七代事，全然契合明清至今历史背景。盖古代私家志谱，始于大宋而兴盛明清，先此可信家谱，实凤毛麟角，故明初张氏谱可贵可宝矣！

通观子长张氏谱帙，不禁肃然起敬，为此五百余年大家族谱赞美不已。全谱体例周密臻善，布篇恢宏颇有格局，诸凡家谱文献要素，无不蕴含体式篇目之中。盖古今谱牒优劣高下，一是谱系昭穆编排，再是谱文附记事宜，两者精确相谐，方得体例要领。张氏族人原聚城而居，后生齿益炽，遂分门别户散布乡间，各家资讯收集考核整编，实为大不易事。然谱中众多乡镇村寨，纵系归门析宗，虽千头万绪，而无代际错乱；横向世系辈分，虽相隔十里八乡，而有条不紊。正是于家谱之要害关键处，最见编纂团队笃实严谨，不辞繁难艰辛，总计耗时五载，方成此融融洋洋大谱。全谱目录事项，总计十余单元，收载大量影照，图文并茂极富现代感。族人逸闻趣事尤为动人，不惟淳美家族新风，且极具社会教化意义，故言张氏家谱功德无量矣！

总编张学忠先生，原本县人大常委会主任，请为谱序。吾与其同窗好友，亦张姓后裔，虽对此道素无知识，亦不敢以不文辞。遂勉为客序，缘兹谨向安定张氏父老致敬！

己亥孟春三月记

《东北农业近代化研究》书评

衣保中同志的《东北农业近代化研究》是一部富有创见、值得品味的地区性断代农史研究专著。书名中匠心独运的“农业近代化”概念，首先使我对本书产生浓厚的兴趣。当今盛行“农业现代化”之说，史学用语也仅有“近代农业”之称，唯独“农业近代化”一词于文于言均属罕见，赫然立为著作之名更是新鲜。什么叫农业近代化，中国的近代农业也配称“化”吗？这是通常最易引起的质疑和诘难。但是作为农史工作者，自能体会出作者对近代农业的深思熟虑和惊人的历史概括能力，钦佩这位青年学者笃实、缜密、机敏、果敢的科研风格。因为关于中国近代农业形态的理论研究尚未形成领域，有关近代农业的概念、性质和发展阶段，均无深入的专题研讨。但作者在东北近代农业的个案研究中，毫不回避地触及此类理论性问题，大胆地采用清新活泼的概念，以把握整个东北近代农业历史。所以，“农业近代化”的提出，对我国近代农史理论研究，有多方面的启示，必然引起农史学者的共鸣。

众所周知，学界总论中外农业形态，通常概括为三种基本类型，即原始农业、传统农业和现代农业。关于前两种类型的农业形态，认识比较明确；而第三种类型的所谓“现代农业”，看法就大不相同了。就概念而言，除称为现代农业外，有的则称“近代农业”，或称“近现代农业”。从含义看，有的实指农业形态，有的则谓农史阶段，或两者兼而有之；同时还存在着一般农史对象在未被充分认识之前，可能存在着的各种歧解。为了建立起初步的共识，这里暂不讨论第三类型农业称谓上的得失短长，仅就其实际形态和演进过程加以观察，便知作者关于“农业近代化”的提法并非河汉斯言。

首先必须肯定，从18世纪中叶起，有一种有别于古代传统型的农业形态，在发达国家相继出现，并逐步主导着世界农业发展的方向。这种新形态农业的基本特征：一是以机械为主要农业动力，并不断采用新的技术手段，使农业生产过程向联合作业及自动控制方向发展；二是大量使用化肥、农药等工业物资，实行非再生能源和无机物质的密集投入；三是农业经营一方面向单一农业化方向发展，另一方面又向“农、工、商”和“产、经、销”联为一体的商品化、社会化综合发展；四是农学理论建立在生物实验科学的基础之上，构成以作物栽培学和家畜饲养学为中心的农业科学技术体系。这种形态特征的农业，显然是沿着工业化的道路发育起来的，所以在没有恰当的统一概念之前不妨苟同某些人提出的“工业式农业”的称谓。

从世界范围看，所谓工业式农业已有一个半世纪的历史，且当前正处于方兴未艾的发展期。肯定这一农史过程的统一性，就能正确把握农业的发展形态，不致将传统农业之后的工业式农业的历史过程估量得过分暂短，以免把农业的基本形态类型划分得过于细碎。当然工业式农业，也经历了由低级到当前比较高级的发展过程，且在不同的阶段各有其农史水平及相应的特征。通常还可再分成两个大的历史阶段加以认识。第一阶段自19世纪40年代到20世纪50年代，即从以有关土壤养分和生物营养的农业化学理论方法的出现为发端，到人造肥料、农药工业的诞生，以及蒸汽机、内燃机为动力的农业机械的应用，乃至生物学为基础的实验农业科学体系的初步完善，是工业式农业逐步确立的时期。尽管这些农业生产力的变革主要发生在少数欧美国家，而且在生产中的推行并不见得十分普遍，然而却深刻影响着传统农业形态的转变，把世界农业导向崭新的道路，是一场全新的农业革命。第二阶段从第二次世界大战以后的50年代起，随着农业机械化的普及和工业物资投入的大量增加，特别是现代农业科学技术广泛深入地运用，农业生产率再度大幅提高，于是引起了农业生产过程的大分化。综合性农业开始解体为专业性生产，同时工业化的充分发展，又促进了农业生产商品化和社会化，农业在分化的基础上又向着高度综合的趋势发展。当前出现的有机农业与无机农业的结合，一次能源与再生能源的结合，药物防治与生物防治的结合，土地使用与地力培养的结合，以及农业经营中专业化与多种经营的结合等综合趋势，代表着工业式农业第二阶段的趋向和特征。

以上两阶段的划分具有普遍性的意义，即使在传统农业根深蒂固、工业化发展严重滞后的中国，自19世纪中叶起也通过学习、引进、改造西方农业科学技术等形式，促使传统农业缓慢发生变化。至20世纪前期，中国农业的科研教育首先脱离传统农学轨道，新的农业动力、设备、物资、技术也零星地出现在旧式的农业生产中，中国农业步履艰难地尾随着第一阶段走上了工业式农业的发展道路。从五十年代开始，随着新中国工业建设突飞猛进的发展，农业生产也发生了日新月异的变化。特别是近十多年改革开放以来，中国农业直接吸收国外最先进的科学技术和管理经验，同时结合自己的国情，稳步走上中国式农业现代化的道路。可以说在工业式农业发展的第二阶段，中国农业正在接近着世界水平。

明确工业式农业的阶段性及在我国的具体状况，就可以理解衣保中同志提出的“农业近代化”，实际上正是指工业式农业第一阶段的发展过程。或许鉴于国内外史学研究，对这一时期中国农业历史地位过于轻蔑，作者特别将这百余年农业独立出来作为一个农业阶段，称之为“近代农业阶段”，继其以后的新中国农业则称为“现代农业阶段”。这种断代同于上述“工业式农业”两阶段的起讫，论证亦很有说服力。在本书“导论”中执着地强调了近代农业阶段的历史作用，激情地提出关于“中国近代文明”的观念。作者不无见地地指出，中国近代文明是伟大的中华文明的组成部分，是中国古代文明的继承、扬弃和发展。他一反过去中国近代史研究中挽歌式的基调，不主张把中国人民百年来追求世界近代文明的历史写得充满屈辱、悲哀、叹息，甚至暗无天日一团漆黑。凭借这种独特的历史眼光，作者看到当西方科技大潮涌进我们这个古老的农业大国后，素以智慧勤劳著称的中国人民，既保持着本民族优秀的农艺传统，又以博大的胸怀吸收、消化着西方先进农业科学技术的精髓。经过数十年的酝酿准备，至20世纪初开始全面推行西方实验农学的教育和科研体制，大规模地引进国外良种，开展颇有声势的农业技术改良运动。农业工具的机械化、农业科技的实验化、农业生产的商品化、农业经营的资本主义化等工业式农业因素，冲破了数千年传统农业模式的束缚，在中国的土地上萌芽、扎根，初见端倪。这正是作者眼中的中国农业近代化历程，它与可歌可泣的中国近代革命斗争历史同步发展，同获成功胜利，同样值得讴歌颂扬。在“导论”中，作者对中国农业近代化历程还进行了理论地概括，确定它由以下基本内容构成：包括农业由自给自足生产向商品生产转变；由分散的小农生产向社会化、区域化、专业化生产过渡；由手工工具和畜力农具向半机械化和机械化农具演进；农业技术从直接经验向近代农业科技转化，促使资本主义产生和发展。可见“农业近代化”概念的提出，乃是作者通过深刻的历史和理论思考所得的结论。

当然一种重要的农史概念及相关理论的形成，虽然来自对历史过程的深入研究和深刻认识，但毕竟不能代替历史的述作。本书作者正是以东北近代农业作为中国近代农业的缩影，选择东北近代农业作为中国农业近代化的典型范例加以剖析研究，最后编写成著。全书共分9章，包括了东北农林牧副渔各个生产部门，涉及农业生产及产前产后各大领域，涵盖了农业生产力和生产关系的各个层次。这是对东北近代农业的系统性综合考察和全方位的立体研究。每章之中均设三节，相对于“清末”“民初”“二十年代”三个时代，按体例、有规律地揭示了东北农业近代化的历程。

总览全书，有述有作，而且述作各有独特之处。记述中征引大量文献资料，完全依靠史料说话，读后令人信而不疑。所用资料绝大部分得自东三省近代历史档案，从而大大提高了本书的资料价值。在论证东北近代化的历史规律时，除文中夹叙夹议外，每章之后均附“小结”，抒发各种历史问题的结论。另外在“导论”“末章”“结束语”部分都有整篇的系统性的史论研究。

最后再谈谈“农业近代化”一词中有关“化”字的感想。名词或者名词性短语其末尾赘以“化”字，即刻产生动态的活性，可以表示某种事物发展的趋势和性质状态的转变。这种现代构词法极为普遍，当前已成为一种时尚的语言现象，以至难免有一种滥“化”的倾向，有些人喜欢随心所欲地生造各种化类词，实在是一种语言污染。但是，另一方面也存在着“当化不化”的倾向，不能充分利用这具有现代活力的构词方式以丰富汉语词汇。尤其是在历史学领域，几乎很少有利用化词概括某些历史现象，甚至误认为化词只能用以表示现代事物，而同历史无缘。然而，衣保中同志却颇有胆识地将“化”字与近代农业结为词组，并以“农业近代化”一词入题。通读全书，掩卷深思，这一词实在用得恰如其分，颇有出神入化之“化”境。

1991 年 6 月

《不可斋农史文集》自序

“不可”快读，其音近于“波”。不便署名时，随笔书而代之；或再缀“斋”字，以处代名。文集前冠“不可斋”，亦为书题不现自名而已。

农事朴实无华，治农史者与文人大相异趣，故非附庸风雅，初衷绝无自立室名斋号之意。然模之辞，人文界朋友颇加美言善解：哲理者言，“不可”即“否与可”，含天地阴阳运行大律，有“否定之否定”辩证法则；治文字者言，“不可”即“反可”，反可为“叵”，乃《说文解字》形音义最为谐美之文字；文学者以“斋”谐“灾”，以为“不可斋”，有“天下莫予毒也”之义；农史同仁知我，直言“不可”即“不安分”，谓我在农史领域好垦荒田，研究方法权变求新，常以今日之我否定昨日之我。姑妄之言，相对而论，后者稍近是。

我于1979年进西北农业大学古农学研究室，入道也晚。这是国内外颇负盛名的古农学与农业史研究机构，读书人既厕身创造性领域，学术生命就有了根系活力。80年代初经北京师范大学传统训学家启蒙，遂潜心于古代农事名物考据。当时开发大西北和治理黄土高原声浪高唱入云，亟需农史推波助澜，探明西北农牧业发展的历史借鉴。无奈稍变其辙，考据方向转向西北高原的黄土、荒漠和绿洲、草原，不遗余力地拓荒播种，期年小有收获。于是决计画地为牢，专攻西北地区农史，专心致志义无反顾。但为时不久，新老易代，又受命主任农业历史研究室和研究生培养，似乎更是“义不容辞”。

为图谋研究室科研和教学事业，转而探索农史各个大领域研究现状和发展趋势。诸凡农业科技史、农业经济史、农业思想史、农业文化史、世界农业史、古代农业文献等，皆结合研究生教学一检阅，遂产生关于农史学科建设的构想。现代高层次农史人才培养不容传统式的师徒授受，必须道出现代法门，于是开始农史理法研究，提出农史学科理论方法体系。90年代初，学术性研究面临全挑战，农史室求生存，图发展，学宗前辈传统，强化综合研究功力；同时顺应时势，调整队伍和研究方向，走“少而精、小而全”道路。为争取科研项目，解决经费为室中用度，个人选题无奈偏移到农业灾害史，以至农业灾害学领域。自认为不是见异思迁人，而鬼使神差，在科研领域再次失去专一目标。曾不无喟叹地道出一个观点：“人一生难免要些与愿相违的事。”幸在万变不离其宗，无论流落农史哪块田地，总是全身心投入其中，耕获不息。心血汗水之结晶，大半凝聚于苦思而成的讲稿中，少半则形诸著作和论文刊刻于世。专著和参编著作数部，皆无足称道，唯数十篇论文确有呕心沥血之作。每一谋篇，必钩心斗角，务求立题新、构思巧、形式美、文字雅等。由于过分追求论作赏读性，文辞功夫和笔下感情常要过量投入，久而酿成事倍功半的行文习惯。每思一句，反复修改，直到坚确不移方出下句。这种字斟句酌，毕其功于一役的“苦行笔”，虽稳准练达，功效也并不差慢，但身心负价太大，实在得不偿失。故发愿日后提笔作文必随其自然，绝不拘于一字一词得失，更不刻意力透纸背之功。

世变时迁，时常翻检往昔的文章，体味各优劣，权衡得失所在。平心而论，有些篇章心力似未枉耗，其命题、构思、论证、语词、文气等，尚有可观，读来仍然激动不已；有些则显得幼稚浅疏，鲁莽灭裂，尤其是早先之作，不免心生悔其少作之感；有的篇章更是少壮气盛史识不足，字里行间浮泛着咄咄逼人之气，年届老成不免赧颜自羞。但以今视往，愈加早幼粗劣的论作，当初倾注精力、苦心、时间似乎更多，姑息反思之情更加浓烈。语云“敝帚自珍”，一种反常情感驱动下，逐渐萌生了裒文结集意念。

贤内张纶教授于结集之事热情支持，建言每篇文后加以“自案”，顾思立题时代背景，简述论作甘辛之味，稍及学界臧否之议，以显现当年科研履迹，检索出学术生涯中偶得与过失，或有人文感应之效。同时建议不妨附入某些尘封多年的草率文字，且言只要是汗珠，无论咸甜苦辣，粒粒皆辛苦。《文集》采纳了这些意见，与其说不无道理，也有充分的权利。回想数十年，正是她工余独担所有家务，为我安置一张平静书桌。我尊重她最终辑印论集的决定，总其多年辛劳，同时凝结于文集之中。

1996年6月6日于不可斋

《中国农业自然灾害史料集》序言

这部《中国农业自然灾害史料集》是国家自然科学基金项目“中国农业史害史研究”的前期成果；筹划与其相辅而行的终期成果，《中国农业自然灾害史》专著正在研究和编写中。本项目首次将农业灾害划为独立学科范畴，把直接危害农用动植物和农业生产的气象灾害、生物灾害、环境灾害、人为灾害等，统一为农业史害领域。运用现代史灾害学和历史科学的理论方法，全面探研数千年中国农业灾害演变的过程和历史规律。作为整个项目基础的《史料集》，正是遵循这一总体课题思想，全面考察中国农业灾害历史文献资源，通过系统分析和综合研究，最终编制一部专题性史料集。

我国为历史悠久的农业古国，又处于自然灾害频仍之国度，有史以来便为各种灾害所困扰，诸灾损失总以农业灾害最为巨重。历代各朝饱经这种常灾之苦，痛之于心，载之于册，蔚然而成文献大观。检阅古籍各部，皆有大量农业灾害的文字记录，诚如邓云特（邓拓）《中国救荒史》开篇所称，“几已填满史册，无可复加了。”自然灾害的多杂频发，文献记载的交叉重复，使我国农业灾害史料显得异常浩繁，欲完全加以廓清实为大难，拟汇编大全式农业灾害史料集之构想者，最终不免为之却步。鉴于这一久攻难克课题，这部资料集则变通思路，在详考各类古籍灾害史料价值，深入分析文献征引关系的基础上，以创新思路构建农业灾害史料体系。首先确定以经史典籍为文献范围，特别是历代正史中《帝王本纪》《五行志》《食货志》等，将其所记农业自然灾害作为主要集录内容，间入经史传注与《竹书纪年》等书的有关史料。如此运筹既免于面临古籍瀚海无从出入，又能取精用宏地集成历代农业自然史害资料，这正是本集独辟蹊径，得以脱颖而出的基本思路。

从《史记》《汉书》到《清史稿》的历代纪传体

正史，多半取材前朝实录，所载农业自然灾害史料较为原始近实，往往为其他古籍辗转征引。古代类书、政书汇编的农业灾害资料，大多直接取于历代正史。堪称农业自然史害资料第二宝库的方态文献，虽一定程度上可补逮正史之不足，然方志普遍纂修为时迟晚，有关时代早远的灾事，志书反要倒引于正史。而晚近方志灾害资料，凡属重大灾害同代正史也有记载。正史记载灾害，一般都有明确发灾时间、受灾地区、成灾情状、赈灾措施、减灾方略等内容，具备灾害学基本要素，农业灾害研究的史料价值极高。有些记载虽片言数字，仍包含丰富的历史信息，实为一简要的灾情报告。历代正史系统地继承了这种传统记史方式，从而保留了农业灾害体系，完全可以编制出完备的农业自然灾害史料文献。这种传统两千多年沿袭成例，自公元以来历年灾记几乎无大中断，足以客观地反映中国农业自然灾害演变历史。从这种意义论断，这部《中国农业自然灾害史料集》汇编，实属中国农业自然史害基本史料集。

《中国农业自然灾害史料集》起自远古，终于清末，收集农业自然灾害十多种，总计八十余万字，系通代全史性农业灾害资料集。编制力求科学实用，避免体例设计不当，所造成的纪年不详、地域不明、史料挂漏、文献出处阙如之类的弊病。《史料集》采取以灾为经，以时为纬的结构，灾种为资料集基本单元，灾种之下以年、月相系；灾害发生地区、灾情、赈救事宜，以及资料来源等内容皆录载其下，数千年农业自然灾害史料展卷可索。辑集力求严密过细，尤其是正史《本纪》《五行志》所见农业自然灾害资料，无论巨细必彻底扒梳，详析其灾种加以排列。关于灾种不明的“饥”“荒”“灾”“赈”等史料，也稍变体例，独列为一大部类，从而使所有农业自然灾害在资料集中各居其位。

虽然编集者竭诚努力，本集仍存在许多不足之处。按照现代灾害学说，农业自然灾害种类颇多，但由于古人灾害观念和文献记载所限，史料集自然难以囊括全部农业灾害，甚至某些重要灾种也难免有所挂漏。例如农作物病害、森林火灾、田间杂草、土壤盐碱化等灾害，皆因文献缺载或灾情语焉不详而从缺。又如“民国”时期和新中国成立后数十年的农业自然灾害资料未能编入，也是一个颇难避免的遗憾。盖因这一阶段的原始资料多存档于政府和有关部门，尚未经过主管机构的调集和整理，本资料集的下限只好终于公元1911年。此外又因项目经费和人力所限，资料集和专著必于三年之内蒇事，故缺憾或疏漏也在所难免，谨望读者参用时察鉴匡正。

1992年6月6日

《农业灾害学》序

《农业灾害学》系国家和陕西省自然科学基金项目成果形式，同系列成果《中国农业自然灾害史料集》已刊行在先，终结性成果《中国农业灾害史》正在研著，《史》《集》《学》恰似等腰铁三角结构。盖欲著《中国农业灾害史》，必先认知农业灾害，更先集成农业灾害史料，三角形因果关系不论自明。今两底角基础既就，唯余顶点《中国农业灾害史》，待竭力数年后以求全功。

回思立项之初，最大困惑莫先于“农业灾害”的确切含义。本来极为普通而又极其重要的概念，竟无加以科学定义，古今字词大典一概阙如无录，实在诱人索解。于是步入新兴灾害学和现代农学领域，探求所以然，归因亦为两大方面：一是灾害学论定灾害多着眼灾源体，故有水、旱、风、霜、病、虫、草、鼠等灾名称，然而对各种危害农业的灾害则不予以整体概括，欲问农业灾害竟不知所云。传统的灾害概念系统，显然不适应现代灾害学研究。灾害现象有灾源主体，也有受灾客体，可从主体方面定名，也可从客体角度称谓，而且以受灾体或受灾领域定义灾害，更有现代灾害学意义。二是农业科学分化过细而综合不足，无法形成农业灾害系统，有关农业灾害多分割于农业气象学、植物保护学、农田水利学、畜牧兽医学、农业环境保护等学科领域。然诸类学科属自然科学之应用科学，旨在研究农用动植物及其生产的原理和方法，即使涉论到农业灾害，也难言及灾害的社会科学范畴，而构成灾害学特殊矛盾的重要方面正在于此。曾经评说现代农业科学中有关灾害问题，坦率地归之为：分治而未治，似有而无。

农业灾害概念的缺失和研究的淡化，症结显然在于短缺学科化建设，创立“农业灾害学”当是势所必然。按照学科建设思路，立项初曾跨学科地探索了农业灾害学的义界、性质、特征、体系，及研究方向、内容、理论、方法等，遂后整理成《农业灾害学刍论》，刊于1993年第2期《西北农业大学学报》。这篇为农业灾害学发凡的论文，略具创意的见解有下面几点，以此奠定了本书编著的基本理念和立学基础。

其一，关于农业灾害义界。《刍论》注意把握农业生产实际和灾害学发展的现代水平，定义农业灾害为：凡直接危及农用动植物生命活动和农业生产过程，进而危害人类生活乃至生存的自然异常现象。通过学科范畴的分析，定义农业灾害学为：根据灾害学的基本理论，综合运用多种现代科学知识，研究农业灾害发生演变规律，以及测报防治等减灾策略的部门性灾害学。为便于对此新辟学科有本质和表征理解，附论了农业灾害学的综合学科属性和几种典型外在特征。这两个基本定义，使本学科对象和范畴确然不移，并推衍出整个农业灾害学体系。

其二，关于农业灾害类型划分。其难不在分析而在整合，不在推衍而在概括。“农业”采用大农业概念，农、林、牧、渔诸业兼容并蓄，所含灾种多不胜计。《刍论》遂取宏观视角，以天、地、生物三大自然圈分划灾种，类名则因循农业科学既有的平实称谓，归纳为农业气象灾害、农业生物灾害、农业环境灾害三大灾类。验之于实际，涉农灾害无不逐类相从，且大类中又可规划若干小类而形成支干体系。本书以三大类型灾害为分论，农业气象灾害和农业生物灾害各分上下两章，农业环境灾害自为一章，分论凡五章；前置总论占五章，全书共计十章。基本灾类构成本书经线，实为农业灾害学分类体系。

其三，关于农业灾害学知识体系。依照“灾害”和“减灾”两大系统，逻辑地展示其内涵，即灾种、灾象、灾因、灾理、灾情、灾律等灾害系统，以及灾害的监测、预报、防治、抗救等减灾系统。全书总论部分按此系统循序记述，分论部分大体也依此系统逐点扫描。两大系统十大内涵，实为结构本书的纬线，或称农业灾害学的理论体系。

其四，关于农业灾害学的学科结构。《刍论》从内外不同层次剖析其学科基础、本体层构、领域交叉、边邻渗透等关系，分理出基础学科、专业学科、相邻学科三大系列板块。基础学科系列择至要者列为六个学科大类，类下再未细分，以其基础结构复杂，在此也难以详尽。相邻学科系列分农科类和灾害学两大类，总共包括 14 个学科。专业学科系列分通论性、分论性和区域性三大类：通论学科包括普通农业灾害学、农业灾害学概论、农业灾害史；分论学科包括农业气象灾害学、农业生物灾害学、农业环境灾害学、农业社会灾害学；区域性学科包括世界农业灾害、中国农业灾害、地区农业灾害等。营构学科体系的思路，既立足现有学科实际而非向壁虚构，又面向未来科技发展而留有纳新余地，姑且为农业灾害学科建设之参照。

中国号称农业古国，又是灾害频仍的大国度，一部中国历史，实为连绵不绝的灾荒史；中国农业发展史，则堪称一部中华民族救荒史。时至今日，农业自然灾害有增无减，抗救减灾的历史传统也在光大发扬。最近发生的“九八特大洪涝灾害”，引起举国上下的警觉与深刻反思，研究灾害历史和现代减灾方略，已成为当今各学科共同关注的大课题。人或不解，初衷原为修治历史的项目，何以延伸到现代科学领域。其实这思路也成于天理自然，大千世界万事万物终究是统然一体，学科之间总有道路相互交通。传统学问“究天人之际，通古今之变”，颇能感应科学世界的统一性和互通性，联系国情和实际的学术领域，更易实现这种“统”与“通”学科创新目标。

当然，农业灾害学与农业灾害史的体例内容毕竟有所区别，对著作者的专业知识也有不同要求。故本书编写组特邀农业气象学、植物保护学、农业环境学等学科著名专家参与其中，分论部分均由专才执笔把守。全书构思和各章属笔职责如次：主编，策划主持项目，绸缪农业灾害学科领域；经纬全书框架体例，指示篇章宗旨要求，统筹修改全书文稿。卜风贤博士生，属笔一至五章农业灾害总论部分。卜君受题时青春二十有八，攻硕士尚不足两年，奋力扛鼎，苦其心志，由此渐入科研领域，后以“总论”为硕士学位论文圆满结题。吉中礼教授，撰写六、七两章农业气象灾害部分。吉师潜心农业气象三十余年，执教治学以严谨称著。两章内容科学有信，文字平实可据，实乃文如其人也。仵均祥副教授率张世泽硕士，共成八、九两章农业生物灾害部分。仵老师思维敏锐，概念清晰，笔触自带专业风格；张君亦青年俊秀，谦恭好学，师生合作，两章颇为详尽到位。包忠谟教授，撰写第十章农业环境灾害部分，虽为一章，计文已逾十万言。包师专业于地理，学殖深厚，科研功力极强，知者常以“博精”二字称道。农业环境灾害学尚在萌芽期，现有资料稀疏，且无成熟理论参照；经包师梳理，终于略成体系，鸿篇巨章，为本书有力后殿。责任编辑张德运编审，长期专事农业科技著作编辑，素以“替人作嫁”为职尚。编裁格调高雅，追求学术品味，书稿经手，面目灿然一新，故多出精品。接编本书时，年且花甲，更见编风严谨执着，编功成熟练达。《农业灾害学》得以面世，饱含责编心智，善后之功业不可没。

古今学科跨领域交融，各类学者擅其所长共著一书，学术杂糅，专业互济，综合优势显然。然而统观全书，仍有诸多未尽人意处，裂纹疵瑕也显而易见，希冀读者多加批评匡正。终究是我国第一部农业灾害学著作，众人指教之下，农业灾害学研究和学科建设，或可渐成风气而发育为成熟学科。

1998 年 3 月 1 日

◎嘉会

秀竹赋

——贺邹德秀教授八秩华诞

邹师寿诞，伏执弟子礼，桃献一杖一履一赋文。杖为筇竹杖，履称布道履，赋名秀竹赋。杖与履，扶持著地，喻学生时代杖履相随，侍从先生左右故事；且念改革伊始，幸得先生力解倒悬，举荐步入农史门第之恩缘。兹再颂《秀竹赋》，祝先生杖履康健，寿如南山翠竹常秀美也。赋文曰：

嗟乎！普天下美物多哉，何好乎青竹一竿？群山万壑幽篁茂兮，斯赋独以秀竹炫？君不知览物赏景，因其人而不同所感；命辞达意，随殊感而异乎其言。爱屋及乌，赋情发乎自然；睹物思人，秀竹遂以名焉。

难矣哉！秀竹庸玉汝于成，天生美质也艰。原为禾本草根，固接壤气必先；宿怀凌云鸿志，厚积薄发誓愿。初卜地兮，不避嶙峋苦寒；立身命兮，安然旱阪秦塬。于是亲恋黄土，盘根深潜，长汲水沃探源泉；新生枝茎，蓄锐养涵，匍匐化蔓隐长鞭；逢春勃发，日进三尺，高竿千仞直薄云天！

美哉秀竹！德配梅菊兰，自化内秀师表颜；周原绛帐地，一方琼林斯文坛。挺拔玉立，雅度翩翩，淳淳美质自天然。修身高节，枝叶端端，凛凛傲雪不曲弯。虚怀中心，豁达坦坦，谦谦君子大风范；通体纹理，思丝绵绵，彬彬文质表里间；儒雅逸态，青服衫衫，莘莘学子望尊严。

善哉秀竹！植性亲怜，泛物与，广群聚，好结木石天然缘；竹木相交，化腐朽，为神奇，雕根别开新生面；竹石同处，隐顽性，显灵变，慧眼丸石出大千。当秀而成才，探究民生，竹报农家苦酸甜；若板桥称言，风枝雨叶，总关百姓情恩怨；如东坡颂赞，衣食住行，竹用平民齐大全。

知否知否！秀竹可观君子之德，厚德载物，不胫而风化人间；秀竹蕴涵绿色哲理，桃李成蹊，无言而大道通天。

丙申仲夏于不可斋

六十初度答谢辞

我今年六十岁了，大家为我举行这个聚会，我很感动，我要首先表达内心的感激之情，向大家深深地道谢了！

这次活动是志民同志最先动议的，他从去年就开始用心策划了。我知道，其中寄托着他与我多年来同志加兄弟的感情，虽然这是心照不宣的情谊，我还是要表达衷心的谢忱！

我接下来要深情感激今天到会的和因事未到的同学们，特别是远道而来的同学。你们工作、学习、家务压力都很繁重，今天特意为我而来，而且怀着如此真挚敬重的心意，实在让我百感交集，联想起过去的许多事情。我是个理性颇强的人，我很爱我的学生，但是这种情感总是深深压抑在理性之下，大家不一定都理解。今天我很想充分表达出来，可是太晚了，已经六十岁了，再也学不会把这种深层次的感情溢于言表了，只能把它深深埋藏在心底，而默默地为你们祝福和祈祷：希望你们的学术和事业，青出于蓝而更加绚丽多彩！

陈遇春、卜凤贤、杨胜良、朱宏斌等同学，为聚会做了许多精心的组织工作。这本来是件不必当真的事情，他们却非常地用心尽力，带着情感来操办。既带着自己的感情，也代表着同学们的心愿，使我的情绪也受到感染。我本来想尽量淡化活动事项，想不到今天的聚会办得这么的热情洋溢，其乐融融，令我喜出望外，不由自主地忘乎所以了。

我的贤内张纶老师和子女们也来参加，陪同我对大家表示感谢。去年我们全家族按农历习惯为我举行了系列的生日活动，今年是本命之年，孩子们又各以自己的方式为我祈年祝福。张纶老师特意配十六种彩线，用了六十天时间，绣了六万多针，精心制成一幅《大红公鸡》绣品，祝我本命吉祥康泰！

今天我的心情特别美好，济济一堂的全是自己的学生和家人，这种集会本身就是一个富有学术趣味的现象。人生有各种社会关系，世间随处都有缘分，但我认为带有天然性的只有“血缘”和“学缘”两种而已。血缘是人的自然性中绝对稳定的关系，学缘是人的社会性中相对稳定的关系，其天道自然的明证在于：血缘关系无法选择，学缘关系确立后无法摆脱。“无法选择”和“无法摆脱”都带有命运的意义，就是我常说的血缘和学缘都是“宿命”。凡是宿命性的关系就得认命，心悦诚服地尊重命运规律，所以我从来不轻言自己老师和学生的不是，即使他们有错也听凭公论吧。我的概念是：师生声名，俱损俱荣。学缘与血缘意义何其相似乃尔？我建议同学们检阅“学”和“血”二字上古音部，假若是同部字，二者之间的共性规律就不难理解了。古代音学的基本规律就是“音近义通”，学缘和血缘的天然性联系，我觉得不妨从语源学和音韵学的角度加以考察研究。

鸣谢之后，再回到今天祝寿的主题上来。我想自己也要客观地参与其中，也应该有所祝福庆贺。首先，我要超脱出来，不仅为自己，而是为一个生命个体祝贺。一个人从无到有，从生到长，从小到老，第一位功德当归于天地造化之力，为人者首先是大自然的儿子。天地提供给人自由发展的空间之大，是世道人心无法比拟的；自然赐予一个生命体的物质条件，远远大于来自社会财富的供给。易曰：天地之大德曰生。所以不能简单看待世人敬天地、祭鬼神的良苦用心，人在自己生日之际，应该心存感激，叩谢皇天后土的造化之恩，营造一个天人感应，天地人同喜同贺同乐的和谐气象。

其次，我要庆贺这六十年，纯时间意义的六十年。岁月时间与天地空间一样宽厚博大，保佑了我的婴幼少壮时代，又使我平安地步入老年；包容了我已有的成就与失误，又统统转化为智慧、财富和人生资源，为我的老年时代所用；这六十年与我共同承受了无数春夏秋冬、饥饱寒暖、喜怒哀乐、酸辣苦甜诸多体验，丰富了我的生活情趣和思想情感。所以说，庆贺生日，或曰过寿，实质还是庆贺时间，为时间的功德祝福。

当然，我还要庆贺这个生日给我带来的新的生活起点和新的生命历程。子曰，六十而耳顺。耳顺之年，按我初步的体验，就是人的生命和心态由逆而顺的人生历程，是一种高古而极乐的生命境界。回顾六十年来，似乎都在逆水行舟，每进一步都要付出逆流而上的艰辛。耳顺年后，我将要放开手中的双桨，尽情地体验人生急流勇退、顺水而下的愉悦，享受随遇而安的天然之乐。为此我做了长时间的深层思考，对今后生活道路和生活方式已有达观而务实的规划，今后有机会时再与同学们详细交流。简而言之，人生六十，应从容面对两大性命议题：一曰人生观，二曰生命观，即有六十岁的人生可观，又有不知多少岁的生命待观，如此而已。

最后，我提议，为这次学缘和血缘的天然聚会；为六十岁；为我，为你们，为大家；为我们大家的前天、昨天、今天、明天、后天，共同祝福，共同干杯！

2005 年 8 月 18 日于杨陵会展中心

晋七秩生日会答谢辞

“不可斋师古稀初度，门下桃李曲江雅集”，今天这会标，让我忐忑不安，但是见到这么多同事、同学和朋友，我很高兴，非常开心！知己者有恩，对大家的到来，我满怀感激和感恩之心！

我们多年没有见面了，大家可能最关心的是我退休后的生活和身体状况。请同学们放心，我很好！有几样老年病和慢性病，也都没什么大碍。我的语言表达和记忆力，因为脑供血不足，大不如前，但思考的能力和习惯没太大改变。廉颇老矣，尚能饭否？告诉大家，我的饭量一直都不错，不要太牵挂与我。退休后，就随儿女生活，冬天在广州，夏天回西安。前几年住在文艺路，习惯了闹中取静的市井生活。这两年人都讲空气质量，就搬到曲江兰亭小区，面前的南湖就是我早晚漫步和沉思的地方，自称为我的“江湖”。张纶老师说，你可以随心所欲地动脑筋想问题，但不要写，不要讲，不要记，不要任何功利。思考过后的题目，统统丢到曲江池里去。她说这样可以散步健体，又不得老年痴呆病，我比较听她的话。“曲江曲水水曲柳，兰亭兰花花兰诗。”去年作的这副楹联，基本上可以概括我现在的环境和心境。

按议程，遇春要我给大家做点指导讲话。其实，我心中最惦念的还是各位同学和朋友的状况，你们上有老下有小，工作压力很大，生活和事业两头担子都很沉重。今天再也不忍心坐而论道了，中秋佳节，不能给你们头脑里增加任何负担。我只和同学们闲聊一件事情，一个小小的概念，惜缘。

惜缘：爱惜的惜，缘分的缘，就是要珍惜学缘关系。过去我讲过血缘和学缘，说血缘是人生没法选择的关系；学缘是选择后没法改变的关系。今天谈学缘，强调的不是大家多年与我尊爱有加的师生学缘，现在需要强化的是同学们之间的学缘关系。这不仅是古今中外学术界的传统，也是现代社会行业普遍的机制体制和潜规则。这次集会主要的目的，就是想把同学们联谊起来，形成学缘组织，具有常态化、可持续的互联纽带关系，以适应现代学术交流和文人交往的新趋势新风尚。

这个动议是近几年与同学们交往中感触到的问题。我们大部分同学在高校工作，毕业后单枪匹马，很难打开局面，难免常有司马牛之叹：“人皆有兄弟，我独亡？”我看望过几个同学，几乎毫无例外都遇到同样的困扰。我心里很不安，感到自己有责任把同学们重新组织起来，重提当年讲的“学学相长”的口号，师兄弟们同舟共济，攻坚克难。我想如果能充分调动同窗关系，在申报科研项目、课题合作研究、成果论著分享、学术信息互通、教案教法交流、你来我往互请讲学、投桃报李的资源共享、精神和智力的相互支持、与行政商界同学的互动，以及考博、攻读博士后、出国留学等方面彼此引介，展开兄弟姐妹式的合作，那将是什么局面！今天到来的同学就分布在近二十个学校了，连带樊老师等同门导师的学生，总共可能不下五六十所高校吧，如果能联系起来结成一个学缘网，大家就不会有孤苦伶仃的感觉，何愁个人没有成就，事业不能成功？

“岂曰无衣？与子同袍。”“岂曰无衣？与子同泽。”（意思是：谁说你孤单可怜，没衣服穿，无所作为；有兄弟我和你同在，咱们同穿一身战袍，战场上生死相依，在学术江湖上书剑闯荡！）这是《诗经·秦风·无衣篇》的句子，是老秦人开创的同甘共苦的、豪情万丈的精神气概。你们曾在周秦故土杨陵求学多年，应该继承那块地缘文化的美德传统。

我赞成这样的古训：“苟富贵，勿相忘！”如果你们要成立学缘会，就可以用这六个字作为会训；或者就用“勿相忘”三个字，更现代一点。因为你们是贵为博士和硕士的团体，是讲科学、讲学术、讲创新的盟会，相信你们能推陈出新，通过实践对这几个字作出高雅而现代的解读。当然学缘组织的要求和训诫，我们也要郑重其事，若相忘怎么办，有不讲学缘情分者怎么办？我不赞成孔子的办法，他的态度是：“非吾徒也，小子鸣鼓而攻之可也！”他是圣人可以有这样大的脾气，我们不能。我主张启发自觉，多做学术思考，高度理性的认识“缘-学缘-惜缘”的理论意义，特别是“缘”的基本概念。缘这个字由三部分组成，解起来很复杂。但只要抓住缘从丝，绞丝旁，就能执简御繁。缘就像丝一样斩不断，像蜘蛛丝网一样无处不在，一旦形成缘分，今生就难以摆脱。佛学讲的恩难忘，怨难离，好坏都是宿命了。你说你不信佛，也不讲任何理性，那也不行；缘还是个伦理范畴，会深入到人的心理层面，受良心良知的自我谴责，真正的知识分子们经受不起的。所以我今天提出惜缘问题，不管同学们怎么见仁见智，身为高层次文人学士，一定要以科学研究的态度慎思之，明辨之，笃行之。这就是我今天小谈的惜缘的概念。

关于组织学缘联谊工作，我委托给陈遇春和朱宏斌同学，他们正当壮怀之年，在学校工作也方便，相信能做好联谊服务组织工作。我就简短说这几句，再一次感谢大家！

2014 年 9 月 6 日于曲江金圆阁

五兄八十寿诞辞

兄名讳治安，陕西三原雁张古村人。昔年家凡十余口，有兄弟六男，姊妹二女，生计颇艰辛。先生行五，幼谙孝道，勤为母亲分担家务细事。洒扫清除，集薪炊火，默然自为己任。遂使父兄日作无内顾之忧，实非寻常童子难能。学龄入读小学，聪悟内秀，明理严谨，以修己智巧称誉校里乡间。解放初西北荣军院新立，选聘优秀青干，特以十四岁少龄进院，且直入院办公室。任事忠于职守，无见异思迁，由小职员至院办主任，凡45年竭忠尽智。盖荣院以教养为宗旨，全称西北荣军教养院，先生青年时好学深思，逢业余教育必随堂课习，又自修业务知识与时俱进。先生少小立业，自以荣院为家，尊领导长辈如父兄，爱同事若昆弟姊妹。凡院办日常运作，上情下达内外协调，如鱼得水，游刃有余。数十年事无巨细，总头头是道，井井有条，遂以荣院“小管家”到“大总管”传为口碑。荣军事业乃关军国民政大计，且系人道慈善之社会大德，先生本性修养适当其任，岂非天缘、人心、党义三者共使然！

贤夫人，刘氏中琴，亦本院医务工作者。精业务，富爱心，为荣军康复保健多奉贡献。夫人淑慧温良明大义，居家孝亲悌弟，相夫教子，居功至伟。子黎女洁，皆事业有成，敬老育子，晚辈卓然成长。先生暮年寄情田园农乡，赋闲渭水之滨华西家园，携手伉俪，子孙绕膝，享四世融融之乐。是为传。

波弟　文

2017 年 3 月

候人兮猗歌

——西农化 69 班洛南雅会唱词

彼之望兮，洪水茫茫。胡不归兮，禹迹四方。

伊之候猗，青山苍苍。路遥远兮，涂女念长。

河洛清兮，图书煌煌。六九鱼猗，游禊华阳。

丹凤鸣兮，镇花芳芳。念窗愁猗，颂诗棣棠。

波按：《吕氏春秋·音初》以“候人兮猗”，论为古诗之滥觞。涂山氏女久候大禹之传说，以及人之等待、守候、期盼、思念、相会等常情，尽在四字之中。“候人”合为一实词，配“兮”和“猗”两虚叹之辞，虚实交织反复咏叹，令后世诗词骚客，无不高山仰止！

候者有期，盛世多情，今同窗雅集洛南，适慰三宏君多年久候窗友之夙愿。南洛水恰禹迹所至地，故冒昧将四字诗源，以今韵释之，聊为化班会聚凑兴。69 鱼者，曾戏作化六九图腾班徽也。尾章言游禊终别于丹凤棣花镇，乃贾平凹文曲之乡，亦《诗经·棠棣》篇兄弟手足依依之典，自命为“窗愁”入诗。

吾友李世斌师，秦中古琴大家，尊“诗源候人”之说，称赞以之为会歌，怀古咏典，高雅不同凡响，特为谱曲以广传唱。

2018 年孟秩

妪舞习诗法帖

晨经广场，大妈群舞。有邻妇致候，言彼人能诗，众妈围询焉。

遂以歌、舞、乐三字教之：所歌之词，学韵律（押韵脚）；所舞之步，学声律（左右步喻平仄格，五七言各三四步舞）；所伴奏之乐，为诗意境，声韵知而后入境界。

大妈慧，及刻钟通格律。课以作业，次日交诗五篇，再次日十篇，十五篇……《学记》曰，教学相长，吾长进者，幸得以舞教诗之法耳。

辛丑立夏日

故父母兄嫂墓碑落成典礼祭文

维公元二〇〇九年清明佳节，雁张村张治中兄弟姊妹等，率四世血亲子孙逾百余口之众，为已故父母亲大人及长兄嫂，圆茔立碑，行墓碑落成典礼。

是日春光明媚，惠风和畅，乃天赐黄道吉日也。村南风水墓地，鲜果配珍馐供奉，春草与纸花相映；香火冥钱乘清风飞舞，时尚祭品随善诚敬献。鼓乐喧天，礼炮喜鸣，颇极一时之盛。

先父母大人，生于清光绪年间，经清末民国世乱，历尽灾荒战祸之苦。父以“仁”字立名，以仁义善良立家，致“仁德善行”四字，蔚然成无言家训。母讳“兰英”，自具兰义英气，故“英明勤能”濡染而成持家之风。大约天佑仁道英气，虽屡经灾荒人祸，父母仍得保继家嗣香火，养育六男二女，张氏本门由此而振兴。

当新中国初立，家道蒸蒸日上之际，不幸母亲弃养逝世，未享子孙满堂天伦之乐，为儿女后辈终生遗憾。所幸父亲晚年与家国同命运，亲见家训家风养成，儿孙内外卓然成才，或为学为干为商为工为农，皆能守职敬业，效民报国。老人欣喜无忧，颐养天年，享85岁寿终正寝。

故兄嫂嫡承父母仁德英行，大善大爱，声名不胫而传五里八乡。长兄平生忠厚笃实，诚出自本心天性；嫂为人胸怀宽厚慈悲，心灵手巧，终生以助人帮忙为乐事，故能以童养媳之位主掌家事。张门嫡长一系瓜瓞绵绵，实为长兄嫂前修功德。

今逢共和国太平盛世，仁礼孝悌美德普世传扬。当勒石树碑纪念故亲，教化子孙后代，毋忘张门祖德遗风；且以家道复兴，见国家民族气运，正如日中天！

祭辞曰：巍巍嵯峨，青青骊山。菜心吉地，考妣家园。盛世清明，聚族祭先。扫墓圆茔，故亲安然。勒石树碑，铭帜恒远。俯垂护佑，家泰族安。先人在上，儿孙誓言：家训家风，世代永传。

公元二〇〇九年清明家祭

慈岳母逝世三周年祭文

维公元二〇〇八年十月二十八日，值母亲逝世三周年大祭之典。长子张纲率兄弟姊妹与配偶及儿女辈，并代因公执差诸儿孙，肃然集于白鹿原公墓，团聚于慈母身边。供奉鲜花仙果，美酒珍馐；敬献香火纸钱，时尚祭品。满怀无限思念之心，无穷感恩之情，家祭母亲大人在天之灵。祭辞曰：

鸣呼慈母，生平辉煌。八旗淑女，仪态端方。
新学萌教，引领风尚。立业东大，科技扬长。
抗日战起，长歌哭乡。流亡西北，卧薪救亡。
敬业公路，交通兴邦。油路之母，巾帼名扬。
鸣呼慈母，母爱绵长。心系儿女，诸孙叨光。
鞠之养之，树木成梁。教之养之，家道兴旺。
乌哺情深，跪乳羔羊。懿德恩典，铭记毋忘。
三年大祭，子孙满堂。永享天伦，其乐无疆！
伏惟尚飨！

祭嫂文

我家旧时贫寒，而兄长众多。嫂十三岁童养至家，成年婚配大哥为妻。嫂来之二年，母误生我更添一子，十余口家务，母一身肩之，何来精力再抚幼儿？鞠育之事，于是委诸童养小女，嫂似缘此而苦临我家。母无乳水，嫂以饭活我，且非嫂喂而不食。家众食少，辄饭尽锅罄，我饱食而嫂受饿。往昔伤情事，嫂从不忆说，人或不慎触及，嫂只言弟不得母乳之苦，绝不提育弟自受之苦。

我幸有贤嫂，不幸却童年丧母，随情顺变，自然以嫂比母。嫂更怜我庇我，喜怒哀乐，唯嫂倾之；冷暖饥饱，唯嫂知之。嫂亦有子，小我才五岁，辈为叔侄，实如手足。嫂待之不分弟与子，同餐共寝，穿用无所异。两小曾偶有争执，嫂欲怜子，恐伤弟心；嫂欲悯弟，又恐子哭。两情难分难舍，无奈转面向壁而泣，黯伤自心。然寸草知情，孺子亦解可怜为嫂为母心，从此相让相亲永无争。

嫂以妇道持家，艰辛可想知。小学时，笔墨书纸及日用零钱，不问父兄，唯知向嫂讨要。嫂虽难而从不拒绝，村借邻贷，总不让弟困窘失望。中学时得兄长供给，离乡井求学千陇地，四季衣着仍由嫂置布缝补。高三秋冬，嫂以我年已青春，特嘱自求衣匠，可体裁缝时兴制服棉衣，且执意不再缝制土布旧式棉袄。然时至深冬，阴错阳差，新衣无着。千河谷地风寒，虽强抖精神，身颤不能终日，情急只好再向嫂致函呼救。嫂闻讯，恳请乡间裁缝连日赶制，衣成即刻星夜钉扣包裹。夜半青灯下，怜弟心如针刺线绞，而哀怨无所系，禁不住放声恸哭。乡邻含泪倾听，无不为之感伤。我事后而知，心悲欲裂，数日不言一语。至大学，仍身着浸透嫂泪之寒衣，苦读五个严冬，直伴我成家立业。至而后学术生涯中，方晓世间冷暖之理，知人生坎坷曲折其所以然。

我抱嫂恩太微太少，实因嫂恩我至重至深。两月前知嫂病重，疾携妻带子还乡探望。嫂见弟心喜而精神顿作，竟离榻自起，步态如常。我误以为嫂病将愈，欲待暑假再还乡多住数日，以宽慰其苦心。岂料道别次日，病情愈益加重，生离死别，竟成今生此世之永诀！

乡间传说，人之死生有定数，我排行位六，父老呼叫“六六”，嫂享年正六十六岁。是嫂既为我而来，今我年知天命，儿女皆长大成人，嫂劳人思息，遂悄然离去。我不信天数，更不解天若有情，怎不感念苍生苦衷，缘何设置此数，令我呼嫂呼母而永不复归！

嫂，尊姓王氏，名讳淑萍。公元一九三一年生于河南古乡承留镇，一九九七年卒于陕西三原雁张村。后嗣有男元朝，女爱芳；孙名斌、辉等，赓绵家业，功德无量。

公元一九九七年七月二十一日祭奠

张公治中传略

公讳治中，曾名根喜，籍属陕西三原雁张村。民国十九年生人，时大旱年馑，抑或抗命运而诞哉！总角失学，以心忧家计，誓傍父兄务稼营生。喜驭驾，擅策马呼鞭，乡誉少年车把式。家因之而制车牛，兼营转运事。车行牛走，遍履周邻县镇，眼界大开，复说服父开磨粉加工坊。赴集市购置罗面大柜，身高不足察内箱，遂翻身入柜指斥瑕疵处。卖主惊奇不已，感叹孺子小儿如此胆识，甘愿廉价相售。村中每有莽牛烈马脱缰狂驰，路人躲避唯恐不及，公辄大勇无畏，勒牛羁马必制服之。解放大战间，兵荒马乱，然不避烽烟炮火，两度替父兄远服民差徭役。村贤耆老交口相赞，矜夸本乡土生水养，欣喜村务事将后继有人也。

公弱冠年，青春意气风发，勇事而敢有作为。解放初入选村民领导组，分职青年民兵及诸杂务，风火雷行，颇有声色。参加乡区会议，唯凭心记口传，上情下达，头头是道，并时出己见。互助生产运动，一马当先，无论贤愚，守望相助；不计贫弱，风雨同舟，人称铁杆模范互助组。国初三年，即小富发家，大牲畜及农器评估，名列村中一号。适值合作化兴起，识时务而无所顾惜，率先牵大牛入社，无言而自成村中集体化领头人。

公也自尊明智，当合作社高潮勃兴，自定位唯管村中农事生产。直言因无通文墨，不欲忝列组织，恐累党务村政也。公主持农作事，终日寸步不离大田，精心筹谋农耕活计。执事简约务实，晨起鸣钟集男女劳力，安排全日活路；遂后率队下田为之示范，躬亲垄亩阡陌之间，随时臧否优劣。督导问责极严厉，令勤者敬业，懒者甚惧之。风来雨去，而作而息，数十年如一日，与父老乡亲同命相连。村组党政班子更迭累变，农事终归其经管，约定俗成，为雁张村之独特生产体制程式。

公为人刚正不阿，仁义公道良善，德能服众，父老爱戴信赖如家长。村中红白喜事，必亲躬为之料理；邻里家庭细故，得其言而定是非。遇村际纠纷，或外来滋事者，必仗义执言，要在维护村民及弱者利益。德高望重，实无冕村主也。公晚年，自离村庄农务，随儿孙常居县城。唯顺应改革开放，不欲昔日章法，违碍新时势也。颐养城中，旦知村有利好新事，常不禁搏髀赞美，甚或鼓腹而歌，系念家乡之情可掬可爱！

公卒于2018年2月25日，享寿八十有八。故妻朱氏淑霞，良善贤惠，举案齐眉。原名秋霞，为与张门女辈同字而更名。相夫教子，和睦张氏大家庭，为人崇敬纪念。儿高涉、女爱珍，皆秉承父母遗风，自创家业；传教后辈继承祖风，小儿们卓然成长。公门四世同堂，阖家融融，不亦乐乎！公于同辈中行三，撰文者，公之六弟也。古有内不避亲之说，况公乃雁张人之公也，故以村人心意为之列传，使其功德播之久远矣。

波弟　文

戊戌年正月初五

按：嗟夫！家兄耄耋寿终，不胜悲悼！自仰为胞中闳杰，私谥其家族骁雄。葬礼毕，腑中块垒郁结如鲠，遂直笔为之列传，以畅扬吾兄生平豪壮气矣！

四兄嫂墓碑记文

兄名讳治民，生卒详表碑阳，兹记生平事业，以碑面所限而精略，以旨慎终追远。生籍陕西三原，故老言其幼敏聪颖，少习小军号，尝以号角令娃伙列阵群戏。束发成童，率大型秧歌走村串镇。十六龄入西北荣军文工团，司二胡提琴逐梦音乐。后因荣军改制，转行邮政电信业。初职武功局，继调千陇两县，驿邮陇山千水数十年。少壮岁月两度主持千阳局业务，无私果敢，开新拓业，同人论为有创业功德。渐老复归杨陵局，自尊自励，工余寄情丝弦自乐。妻籍山西柳林，初聘为千乡妇女干部，后进铜川某国企。维逢困荒文革之年，屡遇下放还乡饬令，颇经曲折艰辛，终自强不息。兄嫂为人仁善而刚毅，报本念农情系桑梓，禀赋家族传统仁德。崇尚孝悌道义，教养呵护妹弟极尽兄嫂爱心。笃重慈严相济家教，儿女孙辈皆以温良恭俭让为范。今阖府融融，诸孙皆卓然亭立，是以告慰兄嫂之英灵！其铭曰：

青清漳川，逝者乐园。鸿雁鸣谷，信游蓝天。

家燕绕树，茹辛呢喃。雁行燕语，儿孙心传。

波弟　文

公元二〇一四年十二月

祭内兄

兄名张纲，以心疾突发，倏然坐化仙逝，寿七十有六。终生效职长庆油田，得以礼制追思，褒谥悼词，颇达众誉公论。惟为内弟，自有私语相祭，不欲传闻外人，仅与亲朋故友品味，共寄缅怀哀思。

嗟夫！兄非就事论事之人，素不喜俗语妄赞，必得大道至理，方心安于九泉之下。兹告祭者，窃以为兄之非常过人处，不唯平生之事功，而在天生之气质风度。为人气宇轩昂，倜傥有出尘之表；气韵发之丹心，声言若黄钟之律；气概、气识、气派之素，见诸处世、处人、处事之中。总观其自禀气场格局之大，世常所遇者，实少堪比。兄之大气，知者共识而无异辞，然亦有粗识而未加细辨者。或曰仁德诚信，善交朋结友；或谓侠肝忠胆，为人仗义；或称恢弘阔大，有浩然之气，云云。诸凡任侠狷介之论，恐未获兄之本心，亦殊违兄所禀赋之气也。

盖先秦道家论气，有先天之炁，有后天之气。老、庄、列子等大智者，皆以同音异形二字别义：炁者，宇宙原始能量；气者，为后天修养所得。练后天补先天，是炁气辩证法则。然兄自禀天德，独赋先天之炁，纯任本色自然，鲜为刻意雕琢，从不矫揉造作，故而潇洒随喜，快意人生。曾有高人质之：“尔声音如此美妙，何不修炼成家？尔气贯长虹，当叱咤风云以成非常之业！”兄自宛笑而不答，私语曰，术业分工，不可乱种他人田。终生固守本真，纯养天然之炁，令其无声无息而散归天地之空焉！

鸣呼！去岁约兄欲论气炁之义，交臂而未如愿。今苦不能起兄于泉下，以证此论，诚终生遗憾！适值灵安之际，发为祭辞，敬献于灵前，乞兄指教！

波弟　文

戊戌年大暑日

殇指痛

维侄女爱珍，小寿六六辞世。沉疴无治，幸免痛而终，然致我不幸，则有十指连心之恸！吾辈兄弟五胞，命中皆一双儿女，自常以两手十指，骄矜示人。又私心疼爱诸女，惯举为右手五指，更显女儿亲。去职告老，受生日喜众女做桃献宴，矫享“五女拜寿”之雅礼，融融其乐，陶醉桑榆。……鸣呼！瞻念来日，诞辰若临，恐再难擎展右掌，向世人炫吾五指矣！悲夫！

己亥夏至祭

袁公章钧萧氏瑞英碑文

袁公讳章钧，籍陕西周至马营村。父振轼公，配氏杜太夫人。育子三，公行二居中焉；兄章甫通文墨，执鞭任塾师；弟章秀善农作，兼木工为能匠。公幼入私塾，旋辍学，偕弟兴立家业。初仅得分田十亩，厦房两间，奉亲携弟，创业维艰。公深明齐家之道，常替父筹谋生计，才成年即主家政。内行孝悌，和睦家庭；外施仁义，广交乡缘。为人以诚，处世以信；善待亲邻，扶困济难。遂声名渐高，家境始有转机。民国十年，天降大旱奇荒，公抗灾应变，输粮运米，活命保家。日与弟手推肩挑，星夜兼程，奔波周眉古道。年馑三载既过，公致富宏图初展，精耕细作，勤奋力田；农工畜织，多途经管。越十余年，家户兴旺四世凡十五口，新辟庄院筑屋十四间，置田产五十四亩，佣种租田二十亩余；骡马牛大家畜俱养，车具农器齐全。家道由此中兴，方圆十里皆知马营“袁五”，因公于族辈排行第五，故以是驰誉扬名。袁公贤夫人讳瑞英，同邑中旺村人。年十八适家，敬老抚幼，和善妯娌，知者无不称道贤惠；擅主内持家务，养蚕缫丝，纺纱织布，刺纹绣锦，见者皆赞美能巧。夫人秀外惠中，有远见特识，教诲子女光耀门庭，更当报国益世。重家教亦重学教，督诸子就学读书，终生茹苦含辛，执念不弃。子皆不负父母殷望，学绩事业皆有所成：长子恭让，陕西师大毕业，任教中学；次子锋，毕业西北农业大学，获中国农业大学硕士，现为西农教授、博士研究生导师；三子恭，毕业西北工业大学，国防工业工程师。今改革开放盛世，袁氏大家族百余口众，为近世创业辈立碑崇敬，以不忘先祖勋功大德，赓续门第辉煌！

其辞曰：

终南苍苍，渭水汤汤。二曲美地，马营北乡。

劳人安息，袁门兴旺。报本溯源，永志毋忘。

公元一九九九年清明

注：奉袁锋老师之嘱，为其父母题撰碑文一通。己卯清明，盛举立碑祭典，隆重庄严，礼成善美！原碑书上下款，规范肃正，书编者为统一体例而从略。

郑东风父母碑文

故父母名讳生卒详表碑前，今择庚寅清明佳节，再著生平功德，且铭儿孙追思感恩之情。父母亲生逢民国乱世，早年奔波豫陕苏省而谋生无路；后幸荫庇西北农林学府，遂得安身立命成家业。父知恩图报，毅然投身西农地下党，誓与再生之地共命运。新中国成立后父母效力校党政总务等单位，忠诚奉献数十年如一日，分别以离休干部和后勤工人职身欣慰终生。

父母处世仁义而良善，齐家教子慈爱而严格。唯抚养兄弟六儿男，生计倍为艰辛。母亲多年抱病持家，父亲心系母病，又操劳诸儿衣食家务。含辛茹苦，艰难玉成，郑氏本门家道中兴，实为父母心血所成。如今儿辈皆卓然自立，孙辈正奋发成现代英才，阖家其乐融融，肃然祭拜于父母陵前，以是告慰大人在天之灵。其铭曰：

漳水绿川，福泽乐园。奉花载酒，飨祭我先。

铭文圆碑，功德昭显。儿孙跪乳，寄情恒远。

郑东风家族祭　公元二〇一〇年清明

癸未岁末辞

公元二〇〇三年，岁在癸未。国家、学校、乃至于我个人，多匪夷所思事，堪称非常之秋。欲论如此大喜大悲之年，谈何容易！过去总认为，自己这一代人，出生在民国，成长在共和国，身经两个历史时代；特别是还有文革的阅历，曾亲验过“文化大革命”的全过程，现在到了这个年纪，应该有些认识能力了。然而面对2003年，却茫然无知，许多突如其来的事，至今看不清、吃不准、参不透。时值岁末，于天于人于己，皆不知如何交代，无奈存疑于心，谨言三点惊心动魄之感，聊辞癸未非常年。

其一，心存敬畏。就是敬畏自然。今年SARS期间，最大的感受，刻骨铭心的感想：我们人类对自己的能力，不可估量过高，万物之灵的心态，必须反思、调整、检讨。当天疫大难临头，人类竟然如此脆弱，现代社会似乎也不堪一击。身为人类一员，经过这场灾异后，不能不从心灵深处敬畏天、地、万物、大自然。过去只知善待人生、人世、人心和人事，现在才知还要民胞物与，即善待植物、动物、矿物和自然物。生命之物和无生命之物，都不敢蔑视，都不敢得罪，常存敬畏之心。人不能无所畏惧，人也并非无所不能，不可一世。面向自然应该肃然起敬，心怀必要的畏惧。从宇宙自然观到社会人生观，敬畏之心不可无。癸未年，天示警，人知否？

其二，心存制约。就是制约自我。今春，学校出事，我哀其不幸，更哀学校之大不幸，因为给学校伤害太大了。早春二月，天昏地暗，心境反而更加明白：必须按教育规律办事，按学校规矩办事，按师生人心规范办事。学校要讲政治、讲文明、讲政治文明。讲情义、讲善良、讲爱心。要爱学生、爱教师、爱干部，时刻把师生的利益放在良心上。心存制约，并非都提升到法律法制层面，还要受干部道德制约，做人的良知制约。学校到底是不是一潭清水，可以不去争论。但春天的事告诉我们，学校这一潭清水，同样可以载舟，也可以覆舟。我们浮在水面上的人，一定要战战兢兢，心存制约。癸未年，校有殇，天知否？

其三，心存明白，有自知之明。人到了年纪，容易糊涂，特别是快退休时，最容易做出不明白的事，这似乎是个规律。我想尽可能摆脱这个不好的规律，不再上演人生告老时的悲剧。

所谓心存明白，主要是心存感激。我感激这个世界和世上的很多人们，上至国家、人民和我党，下至同事、亲朋和家人，我要谢天谢地谢众人。但从人生事业的价值观看，必须明明白白感谢的，还是我们学校。在我事业的全历程中，学校给我以谋生、立业、任事的三大性命之物。先给我一张毕业证，让我以大学生的身份走向社会，成为社会人。后复调我回校，再给我一张超大型书桌，勉励我为辛石前贤继绝学，使我能立业于农史学术领域。当我专业小有基础，又给我一块管理教学和学生的行政平台，把我和学校事业联系在一起，信而不疑地把我当我用。

心存明白。行将退休之际，回想一张毕业证、一个大书桌、一方大平台，感恩戴德之心，便油然而生。心生明，明生情，情生爱。曾在党会上表白，我真诚的爱我们学校，因为我是这个学校身上掉下的一块肉，即使学校不爱我，我还要爱这个学校。人说世上没有永恒的爱，但我爱学校会到永远，因为这里是我学业和事业之地，也是我的退休之地，将来我的阴魂还要在校园里愉快地游荡。所以，我真诚地希望学校健壮、兴旺、发达，永远蒸蒸日上。退休后有时无事，我会为我们学校的命运和发展，终日祈祷、祝福、庆贺！

心存明白，告别事业时，就要理智地做自我淡化工作。自觉地淡化自己的行动，淡化自己的言论，淡化自己的思考。为此，我做了许多销声匿迹的努力。这不是消极，而是负责；不是勉强，而是觉悟；不是错误，而是党性，是成熟的布尔什维克应有的境界。我想，这种深明大义、颇识时务的选择，同志们是理解的，是谅解的，也是心存明白的。

癸未岁末，我心如镜，天人共鉴！

纪念母亲一百周年诞辰祭词

（女儿张纶祭述　波夫文字整理）

今天，我们家族三代百口聚集一堂，深切纪念母亲大人一百周年诞辰。思念绵绵，亲情融融，是全家人难忘的日子和聚会。

母亲名讳王保蓉。母亲一生很不容易，也很不简单，是不平凡的一生。今天没有在更大范围举办纪念活动，正是想以家祭的形式，在血脉相溶的气氛中，倾心表达自家人对母亲特有的深情。母亲为人谦虚低调，行事从不张扬，更不喜欢打扰外人。所以今天的纪念仪式，遵循了母亲生前办事的准则，是符合母亲意愿的方式，她老人家一定满意开心。

现在我先做个较全面的发言，主要讲讲母亲传奇的家世，青少年时的经历，在公路事业中的默默奉献，含辛茹苦教养子孙成人，以及我们怎样继承老人家精神和遗志。我想这五个话题，是全家老少都应该知道和铭记在心的家事，也是要传承给后代晚辈们的宝贵财富。

一、关于母亲家世

母亲饱经沧桑，但很少提及家世故事，更没有系统讲述过自己一生的详细经历。近年综合各方轶闻，又拜阅了有关档案资料，以求对母亲一生有更明确的认识。现在所做到的虽说还不是很全面，但总算对母亲及其家世有了更深刻的理解，有了一些文字可考的了解。同时还查找到一些前所未闻母亲亲人们的旧事，更加令人百感交集。

母亲祖籍辽宁辽阳，祖上行医为业，号称“王家药铺”。因为家道殷实又系满族血统，我们的姥爷王兴文公从小就受到晚清武备教育，后又进入高等军事学堂，最终取得留学亚洲最有名的日本陆军士官学校的学籍，成为王家最先具备现代知识素养的人才。

根据《中国留学日本士官同学录》，姥爷为日本士官学校第八期，1909 年入学、1911 年毕业。回国后正值辛亥革命之年，北洋政府在保定成立陆军军官学校，按现代科学培养高级军事人才。姥爷受聘为教官，后又升任步兵科长，为步兵专业学科带头人。母亲出生地自填为保定，姐妹均以“保”字冠名，正是曾经长期居住于保定军校的缘故。姥爷转到东北奉军是在1920 年前后，当时背景是保定军校因遭大火停止办学，而各系军阀都在招揽军校师生。东北张作霖、张学良父子待姥爷礼遇有加，任命为满哈保路军参谋长，后又任东三省巡阅使署卫队旅参谋长。从资料记载看，姥爷多半以参谋长为各种职衔，大约为运筹帷幄的奉军幕僚。1922 年第一次直奉战争爆发，姥爷随奉军出征。在奉军溃败时，姥爷担任指挥阻击直军追击，掩护奉军撤出山海关的任务，在著名的石门寨阻击战中不幸阵亡，享年大约 40 岁左右。姥爷到奉军也才两年，正是发挥军事才能的大好年华和时机，真可谓出师未捷身先死。

此后母亲家道中落，姥姥与孩子一家六口，主要靠抚恤金和张学良将军接济，聊以度日。九一八事变，全家流亡北京，一家生活颇为艰辛。新中国成立后母亲弟妹们分散于北京、上海、呼和浩特、哈尔滨等地，始终保持着亲密关系。母亲还有同父异母两个姐姐，以“淑”字命名。大姐淑范抗战时期失去联系；二姐淑玉保定二师毕业，嫁归将门之家。林家父子一门三将，二姐后由台湾旅居美国以至终世。家道国运，同命相连，母亲一家的起落离合，与中国近现代历史有千丝万缕联系。我们要知道母亲的一生及其家世，还得重温这段国史。

二、母亲青少年学生时代

母亲八岁在沈阳入小学，姥爷阵亡后，她说自己“就心存好好读书的念头，将来有一技之长，不依赖别人有饭吃。”1927—1931 年间，母亲考入张学良私人开办的同泽女中。据母亲回忆说，同泽教育对她一生的影响极大，学校采取相对封闭式的不同寻常的西洋式教育，有现代化的教育设施，西方课程和教学方法，让青少年得以自由发展。母亲喜欢唱歌和球类运动的爱好就此养成，一直是品学兼优的好学生。母亲称这一段生活是她的“黄金时代。”

1931 年九一八事变，母亲从同泽校园的梦境中惊醒，举家流亡北平，开始经历国破家亡的苦难。母亲入北平北方中学读完高中，1933 年考入东北大学工学院。东大先流亡北平办学，后迁入西安行教。母亲回忆说：“在大学读书时，在一起的大都是东北人，都是无家可归的流浪者，大家同感在当时的环境下读书不容易，多数人埋头苦读，我也刻苦用功。”双十二西安事变时，母亲不在西安，事变后回校立即参加下乡宣传工作，呼吁抗日收复东北失地。东北大学内部因更换张学良校长发生斗争，其中国民党派学生招军人殴打非党派学生。母亲曾随部分同学愤然离校回北平，后因在北平无法继续上课，只好又回西安。1937 年夏，母亲在东北大学土木工程系毕业，终于在流亡动乱中，以优异成绩完成了学业。

三、公路建设事业中的奉献

1937 年抗战全面爆发，母亲决定留在西北就业，先后在陕西水利局、兰州工程局公务所、河口公务所、天水公路工程科、秦安公路段、西北公路局等单位从事工作。当时落后的社会观念和战乱年代，工程专业女性很难在工程第一线发挥作用，只能在室内做简单的工程绘图、项目预决算和审核等工作。这使母亲深感郁闷不宁，用她的话说："新中国成立前只能做内务工作，不能跑工地，常常引以为憾。"

共和国建立后，母亲的专业技能终于有了充分发挥的历史机遇。新中国重视公路工程研究，1952年西北公路局中心迁移西安，同时决定成立材料实验室。局领导委派母亲到北京参加培训学习，回来要主持材料研究，她认为这是可遇而不可求的、最适合自己的科学研究平台。母亲是这样表白的："这一任务下来，我心里十分高兴，这对我较合适，我很愿意学。以前的理论忘了我又从头学。工作是全新的，但是我有信心，下决心尽自己最大努力来学习，并且勇敢担当起筹建实验室的任务。我始终热爱我的工作。"材料实验是公路工程的专业基础研究，母亲在西北公路界开创了这一科研领域；后来一直坚守在这个岗位，为西北公路建设积累了大量的材料数据和实验资料。当时新中国正处在由石子路向柏油路发展的初创期，沥青作为新的实用材料是她研究的重点。母亲结合西北石油基地渣油性能特点开展实验研究，并把阶段性研究成果运用到工程实践中。新疆克拉玛依和甘肃玉门油田渣油利用工作；当年全国最长的新疆柏油公路；西北各大机场改用沥青跑道工程工地等，都留下了母亲现场指导和调查研究的足迹。晚辈人或称其为新中国的“黑色路面之母”，充分肯定她在我国公路建设事业中的功绩。

1958 年到 1962 年期间，母亲调西安公路学院材料教研组，她的事业又多了教学传道的平台，内心的喜悦是可想而知的。当时正值“大跃进”时代，母亲火热的事业心，满腔的热诚激情再一次迸发出来。母亲夜以继日地工作，制作教学大纲、编写教材、准备实验、讲课辅导，同时围绕公路材料继续组织科研活动。母亲时常加班加点到晚上 12 点以后，独自一人才骑自行车回到家中。从现存的资料看，当时学院领导和同志们对这位女性工程师，做出高度评价，师生对她非常敬佩，也非常尊重。

1962 年西安公路研究所成立，母亲奉调专门从事黑色路面研究。这是最能充分利用多年材料研究基础，进一步从事更为专深研究的领域。尽管当时科研所条件较差，后又进入“文化大革命”动乱时期，但是母亲仍在默默地埋头研究，完成了很多有实际应用价值的课题。根据研究所科技档案记录，“文革”前后母亲的研究可谓成果累累。她作为专题课题主持人共完成重大课题十几项，在全国性会议上交流，得到同行充分认定，并且在西北或全国公路建设中得到推广应用。其中大交通量陡坡黑色路面研究报告，最有科研价值和应用成就，解决陕北十多条大坡道和天山陡坡油路上山问题。直到九十多岁，母亲不胜言谈时，面对询问者常常艰难地回答："我一辈子，主要做黑色路面。我能在大陆坡道，铺上沥青路。"这便是母亲对自己的评价，或可作为"黑色路面之母"的朴素诠释。

四、关于母亲养育子女的艰难不易

母亲处在战乱不断社会普遍看重生养的年代，从六个孩子分别为四五个出生地，就知其养育之不易。大姐张纪 1938 年出生在兰州，张纲 1942 年出生于天水，二妹、三妹张绚张纶 1945、1946 年出生在秦安，四妹张蕴 1950 年生于兰州，小弟张正 1955 年生于西安。新中国成立前母亲颠沛流离中，既要兢兢业业工作，又要含辛茹苦抚养众多儿女，凭着真挚爱国心和慈母心，将这些天职独自担负在自己孱弱的肩膀上，这就是我们永世难忘的母亲。

当我们逐渐成长起来，母亲又想到身后的一个个孩子，必须要有吃、有穿、上好学。面对一系列供给教养问题，自己只有努力工作，才能有较高的稳定收入，才能养活这么多孩子。同时母亲还想到只有努力工作，自己做出成绩报效国家，才能给孩子们争得体面的社会地位和富裕的生活。真是可怜天下父母心！

母亲晚年还常对人说，我一辈子与人无争，但我欣慰的是有 6 个出息的孩子。母亲是从不多说话的人，而这句话确实是母亲的心里话，我们兄弟姊妹就是母亲辛劳一生的最大安慰。母亲教育我们的方式，主要是无言的亲情，还有她为人做事的行为方式。她不习惯也没有时间说教，母亲自新中国成立后就全身心地投入工作，只能把6个孩子全托于保姆，而我们也都成长得身心健康。当时在母亲独立支撑的家庭环境下，兄弟姊妹，无论大小，都能心领神会地理解母亲，懂得母亲的心，知道母亲在深深地爱着我们，也深深爱着国家和事业。

五、关于继承母亲的美德和遗志

这是最后一个话题，在座的孙辈们多数都有幸领受过她老人家的疼爱和关怀。老人家的形象和品德，同样也深入到晚辈幼小或年轻时的心灵中。关于继承母亲的美德遗志，我简单谈几点建议。

第一，母亲饱经沧桑，艰难玉成，事业有所建树，还艰辛地养育了我们兄弟姐妹，繁衍了这么多的孙辈后人。今天在座的都是母亲养育的家族和亲族成员。在座诸位，要么自己、要么自己的孩子，血液里都有着母亲的血缘。天地之大德曰生，生养的恩德应当刻骨铭心，世传不忘。

第二，母亲有很多难能可贵的品德，给人印象最深的还是她的善良。慈善温良，这是母亲本真天性，已经深深地影响到我们在座的每一位。我认为这就是我们的家风，你们年轻的一辈，可以自主地选择个人价值观，可以有多元的多彩的人生，但是善良二字的家风不可轻弃，因为这是母亲传给我们家族安身立命的根本。

第三，讲孝悌之道。母亲是长女，在亲兄弟姐妹中又排行第一，从小就知道孝敬父母，呵护四位小弟妹。姥爷去世后，母亲就成为扶助姥姥的家中重要支柱。母亲大学刚毕业，就供她的弟弟读完大学。虽然自己子女多负担重，每月坚持寄钱给姥姥，直至姥姥去世从未间断。母亲还有两个同父异母的姐姐，九一八事变后，大姐失散，二姐去了海外。母亲还是执意把自己排在第三位，心中仍留两个位置给无法谋面的两个姐姐。母亲重孝悌观念，也应该作为家族宝贵传统，发扬光大。

第四，最后说说关于传颂王兴文姥爷之事。我想母亲如果在世，看到如今社会和言路这样解放开明，母亲也会重视自己这样重要的身家大事。据史料，公早年毕业日本士官军校第八期，民初回国任新立保定陆军军官学校步兵教头，执教保定军校之黄金期，桃李遍植军中，早期国育步兵将领多出公门。在我们的亲缘关系中，王兴文姥爷无疑是最有传奇经历的人物。姥爷出生军阀混战乱世之中，身为职业军事家，旨在传介西方军事科学；在中国传统职业分类中，理当归于兵家者流。他有生之年，大部分时间都是在保定陆军军官学校任教。这个学校黄金时代大约十年左右，前后招生总共九期，姥爷正当这个阶段。毕业学生后来大都成为高级将领，如叶挺、傅作义、张治中、白崇禧、陈诚、楚溪春、刘文辉，等等。国内外军界公认，保定陆军军官学校自成军事学术体系，是中国近代军事教育的正统。保定军校办学理念是“军人以保家卫国，服从命令为天职”，“军人不问政治为高尚”，形成保定军校师生独特的职业军人的风格。保定军校驰名中外，人才辈出，对中国近代历史产生重大影响。民国改元后十一年的毕业生，就有六七千人。保定军校20世纪20年代初终结，代之而起的是后来广州黄埔军校。黄埔有200多名教官都是保定出身的师生，许多都是姥爷主教的步兵科的学生，姥爷对中国近代军事教育的贡献不可磨灭。

姥爷转入奉军，职衔多种，但大都以参谋长为职衔，以运筹帷幄为能事。就是在他的最后一战中，留给后人的印象，仍是一位军事教官临危关头的战术和指挥才能，彰显运用现代军事科学的战斗力，给交战双方的老军阀们以现场启示。第一次直奉战争中奉军战败，总计12万大军死伤俘虏者大半，余部溃逃山海关；直军紧追不舍，姥爷临危担当阻击掩护撤军任务，率团布阵阻于山海关石门寨要道。在势如破竹、潮水般的直系大军猛攻之下，姥爷组织起有效的抵抗，鏖战五个昼夜，敌军始终莫能出关。直军大帅吴佩孚临阵观看这场组织有素的防御战法，只好鸣金收兵。近年许多回忆录著作和影视作品，也开始再现这段惊心动魄的战事。据《民国春秋》记，直军大帅吴佩孚临阵观此恶战。近年热播电视剧《少帅》第18集，讲述王兴文率团战死，顶住直军出关，迫使其求和息战。石门寨之战对奉军震动很大，死里逃生的残部人马，回到东北后重整旗鼓。张学良开展经武整军运动，推行姥爷等新派主张的现代军事科学技术，从组织上、带兵方法上、战略战术上都改变了老军阀们的套路。奉军从此转危为安，东山再起。两年后第二次直奉战争，就打败了直系军队，奉军从而入驻北京占据华北，为后来东北军的强大和著名的“张学良易帜，民国统一”奠定了基础。姥爷在山海关石门寨，写下了早期东北军战史上化险为夷的一页，而他自己也在此战中献出前程无量的年轻的生命。

九十多年过去了，如今承平日久，许多晚清和北洋政府时期的历史档案相继解密，关于姥爷的生平事迹必定逐渐浮出水面，很需要做好“打捞”、搜集、研究的工作。从现今实际看，姥爷的子孙后代中，母亲一系现在算是最繁盛的一支，应当责无旁贷地担当起这个无言的使命。

王师北定中原日，家祭无忘告乃翁。今天在纪念母亲一百周年诞辰的家祭上，同样也要告慰我们的姥爷：如今天下太平，山海关石门寨鲜花盛开，游人如织，当年姥爷壮怀激烈，指挥的惊天地泣鬼神的战事，正在感动着成千上万的造访者。慎终追远，儒家之大义：丧尽其哀，祭尽其诚。今天的家祭，我们就是要对母亲表达慎终，对姥爷表示追远。愿他们在天之灵护佑我们家族兴旺、安乐、幸福！祝愿母亲安息、欣慰、冥福！

公元二〇一四年二月